Poussières du Sahara

Éditions Favre SA
Siège social : 29, rue de Bourg – CH-1002 Lausanne
Tél. : (+41) 021 312 17 17
lausanne@editionsfavre.com
www.editionsfavre.com

Groupe Libella, Paris

Dépôt légal en Suisse en août 2022.

Quelques-unes de ces chroniques sont parues dans Heidi.news

HEIDI.NEWS

Mise en pages et graphisme : Dynamic 19

ISBN : 978-2-8289-2014-2

Les Éditions Favre bénéficient d'un soutien structurel de l'Office
fédéral de la culture pour les années 2021-2024.

Claude-Inga Barbey

Poussières du Sahara

FAVRE

« Ah ! que la vie est... quotidienne ! »
Madame de Sévigné

Pour que les chrysanthèmes fleurissent, il faut que le jour décline...

Pour Doris, qui sait voir là où j'oublie de regarder. À nous deux, nous sommes aussi fortes qu'un nain juché sur les épaules d'un géant.

Préface

Quelque chose a changé. Je me sens comme une maison dans laquelle quelqu'un serait entré en mon absence. Mes préoccupations sont à la même place, certes, mais pas tout à fait. Par exemple, je ne me demande plus ce que je vais faire demain, mais « qu'est-ce qui va me tomber sur la tête demain. » Sur le trottoir aussi, quelque chose a changé. Je n'ose plus penser « il fait beau aujourd'hui », mais « c'est la sécheresse qui vient », ou encore « ça fait du bien cette pluie », mais « la nappe phréatique va sortir de son lit ». D'abord j'ai pensé que c'était l'âge, que je devenais peureuse, mais j'ai assez vite compris que l'âge n'avait rien à voir là-dedans. Le fait est que nous avons tous changé. Nous sommes tous aux aguets. Pandémie, guerre, climat, les mauvaises nouvelles se succèdent, et tous nous nous demandons : « Qu'est-ce qui va encore nous tomber sur la tête aujourd'hui ? » Alors, nous essayons d'anticiper la prochaine catastrophe. En faisant des réserves, en protégeant ceux que nous aimons. À la moindre alerte, nous sursautons. Nous sommes sur le qui-vive, en permanence, et, ma foi, c'est épuisant… Cette angoisse anticipatoire se manifeste par de la méfiance envers les autres, et la méfiance ça isole, c'est pas bon. C'est presque moins bon qu'un bon conflit ouvert, parce que ça exclut toute forme de solidarité. Et je pense que les médias sont en grande partie responsables de notre pitoyable état nerveux. En alignant les drames en première page, en remplaçant le covid par l'Ukraine, la guerre par le climat, et, quand l'effet de surenchère se dissipe, par le moustique tigre ou la variole du singe, ils ont fait de notre quotidien un véritable champ de mines. Les faits sont mis de côté au profit des expertises. Avec leurs phrases creuses aux mots interchangeables, les experts ont pris le dessus. Et nous, tout naturellement, nous avons commencé à confondre les faits avec les opinions. Quand je dis « les médias », je parle du colossal groupe de presse virtuel qui a racheté tous les titres : les réseaux sociaux. Ils sont capables de faire avaler n'importe quoi, de faire plier n'importe qui. C'est là que les journaux font leur pêche aux tendances. Pourtant, à la base, c'est un outil formidable. Nous avons besoin de communiquer : c'est aussi vital que de boire ou de se chauffer. Mais si l'eau désaltère, elle peut également noyer. Si le feu peut réchauffer, il peut aussi bien tout ravager sur son passage. Il suffit d'une simple étincelle emportée par le vent pour mettre le feu à toute une forêt. Mais tout n'est pas perdu, parce que si on y regarde bien, quelque chose est en train de naître de cet incendie. Et on commence à voir dans ce ciel bleu acier, de légères et sporadiques vapeurs, des vapeurs de désobéissance… Et la désobéissance, c'est une façon subtile de reprendre le contrôle quand on ne maîtrise plus rien. Elle naît souvent d'un ressenti. D'un sentiment d'injustice qu'on ne parviendrait pas à combler sans faire du mal à quelqu'un, ou sans se faire du mal à soi-même. C'est comme une petite dissociation à l'intérieur de nous-mêmes. Une virgule d'espoir. La désobéissance est salutaire, car elle peut créer le désordre dans une maison bien rangée. Et c'est dans le désordre qu'on retrouve des choses oubliées, des valeurs qu'on croyait perdues. Cette désobéissance peut prendre diverses formes. Voici la mienne. Quelle est la vôtre… ?

Récompenses primales

« Ce n'est pas que j'aie vraiment peur de mourir, mais je préfère ne pas être là quand ça arrivera. » Woody Allen

C'est venu insidieusement. Pendant le premier confinement, j'ai écouté *Dracula* en audio. 67 heures d'écoute frissonnante, en cousant, en repassant, en faisant la cuisine. Et puis *Frankenstein* la créature, en tricotant. Bien à l'abri du virus, confinée entre mes quatre murs, avec cette chiffonnade de moineaux sur les arbres, ce printemps délicieux mais trompeur à l'extérieur. Ensuite, j'ai relu Stephen King, *Le Fléau, Brume,* des histoires qui racontent comment une communauté tranquille peut glisser vers le chaos, menacée par un danger diffus, un mal invisible. Ça me confortait dans l'idée que le monde dans lequel je vivais n'était pas ce qu'il y avait de pire. Ça me donnait une bouffée d'optimisme. Je continuais à faire mes courses essentielles, mais je me demandais comment le magasinier de la Coop réagirait s'il se trouvait confronté à une créature monstrueuse ou à un gaz empoisonné. En héros ?... Et la femme qui choisit ses bananes, en victime collatérale, en simple figurante ? Et l'autre, là, qui achète un litre de bière et des clopes à 9h le matin ? En lâche ? Est-ce que la jolie caissière resterait à son poste pour scanner les croquettes de la vieille dame, qu'on a déjà vue précédemment promener son chien alors que « la brume » commence à assombrir insidieusement le ciel limpide ? Au deuxième confinement, mon rapport à la réalité avait déjà basculé dangereusement sans que je m'en rende vraiment compte. Dans les archétypes de personnages, il y a d'abord le héros qui doute. En général, il doit racheter une faute ou compenser la perte dramatique d'un collègue pendant une mission. Quand ça commence, il est dans un sale état. Il y a aussi le jeune scientifique qui avait tout prévu, mais que personne ne croit, le vieux flic proche de la retraite qui se sacrifie, la mère de famille qui est prête à tout pour sauver ses enfants, le politicien véreux et j'en passe... Tous les sentiments humains sont représentés pour faire face au danger imminent, cette terrible brume qui nous envahit mais, ô miracle, épargne les enfants. Je fais partie du film. Nous faisons tous partie de ce mauvais film. Cachés sous nos masques, nous sommes tous des personnages en puissance. Les gentils restaurateurs, les méchants conspirationnistes, ceux qui profitent du chaos pour se refaire un compte en banque, les poètes empêchés, les jeunes étourdis, les vieux effrayés qui n'ont pas envie de disparaître avant la fin du film. Tous. Et vous, qui aimeriez-vous être ? Celui qui risque sa vie pour aller chercher des provisions ou celui qui trahit la communauté pour quelques racines comestibles ? Moi je ne sais pas. Difficile à dire. Dans l'idéal, j'aimerais avoir le rôle principal, celui du type qui doute, mais, en face du danger, on est étonné, parfois, par ses propres réactions. Ça s'appelle l'instinct de survie. Et ça, c'est sans appel. Allez, c'est promis, au troisième confinement j'arrête les horreurs et je lis des trucs sur le « mieux vivre ensemble ». Je relis l'intégrale des Schtroumpfs.

Bas les masques

« Le véritable courage consiste à être courageux précisément quand on ne l'est pas. » Jules Renard

J'aime bien porter le masque. Il cache mon double menton, mes dents plantées dans mes gencives, qui commencent à ressembler à des petites tombes dans le gazon d'un cimetière anglais juché sur une falaise, et mes ridules autour de la bouche qui évoquent… je ne dirai pas quoi, parce que je suis polie. Quand je suis dans un bus avec mon masque, j'ai l'impression d'avoir de nouveau 20 ans. Juste mon regard, ultime munition dans le chargeur de ma séduction avant la pénurie définitive de charme. Si je place le masque suffisamment haut, j'arrive même à planquer mes poches sous les yeux. En plus, comme ils sont blancs, ces masques, ils rehaussent avantageusement le bronzage tout en dissimulant la couperose.

Je suis fière d'appartenir au clan de ceux qui portent le masque, car nous sommes les vrais courageux. Ou encore quand nous portons des lunettes et que le monde de la littérature disparaît, provisoirement, derrière une buée, un smog, une bruine. Surtout le matin, quand nous respirons notre propre haleine chargée de café froid, de dentifrice et des reflux biliaires de la veille. C'est quand même paradoxal… On pourrait penser que les courageux sont ceux qui se promènent sans masque, ceux qui font la nique au virus. Ceux-là, ils nous regardent, nous les masqués, comme si on était des lopettes, des soumis au pouvoir, des fayots. Ils parlent très fort au téléphone dans le couloir central du bus, postillonnent en toute impunité dans les rayons dorés du soleil couchant, se frottent contre les poignées, agrippent les poteaux à pleines mains, appuient sur les boutons et se graillent le nez juste après. Mais ceux-là, ces « sales jeunes », il faut les pardonner. Il faut des années et des années à un être humain pour qu'il comprenne dans sa chair qu'il va mourir comme tout le monde. On vit très longtemps dans l'abstraction de la mort. Elle est bien là, quelque part, mais comme une sorte de concept universel, rangé au-dessus de l'armoire avec la vieillesse et la maladie. Et un jour, on a un enfant, ou alors on perd quelqu'un, et on ouvre l'armoire pour prendre un truc, et tout ce qu'on avait planqué dessus nous tombe sur la gueule, d'un seul coup. Heureusement, d'ailleurs, qu'on n'a pas peur de la mort en naissant, sinon on ne ferait plus rien. Vous imaginez ce qui se passerait si un bébé avait peur de la mort ? Il resterait planqué dans sa poussette et n'apprendrait jamais à marcher… Ou un adolescent ? Il passerait toute sa vie dans sa chambre, rideaux tirés, à jouer à Fortnite en mangeant des tacos, commandés sur Uber Eats, avec la carte de crédit de ses parents. Jusqu'à environ 45 ans, l'inconscience est quasi totale. Après, c'est la pente savonneuse. Ça commence, en général, le jour où on entre dans un bistrot et qu'on demande au patron de baisser la musique parce qu'on ne s'entend plus. Il est alors essentiel de se souvenir que trente ans plus tôt, on trouvait qu'il n'y avait pas assez de basses. Protéger ces « sales jeunes » inconscients et admettre qu'on est vieux et qu'on a peur, c'est ça le vrai courage.

Les hydro-alcooliques anonymes

« Baiser. Cette soudure de deux tubes digestifs... » Albert Cohen

Je m'étais juré de ne pas devenir hydro-alcoolique, mais l'autre jour je vais acheter de la crème pour mon misérable genou, et à la caisse de la pharmacie, ils étaient là, bien rangés, bien étiquetés. De magnifiques flacons tout neufs de solution désinfectante. Juste à la hauteur de mes muqueuses vulnérables. Comme les bonbons à la caisse de la Migros à la hauteur des enfants. J'ai craqué, j'avoue. J'ai craqué. Un peu honteuse mais secrètement soulagée, je sors du centre commercial quasiment désert, et là, j'assiste à la tentative de parcage spontané d'une Citroën Cactus blanche toute neuve, qui tape en passant le rétro de ma vieille camionnette Peugeot. Je m'approche et je fusille du regard la conductrice, qui ne réagit pas. Je m'installe au volant de ma voiture, qui, il faut le préciser, est d'un âge avancé et présente toutes sortes d'immunodéficiences, et, après avoir constaté que mon rétroviseur est à peu près indemne, je m'apprête à démarrer. Soudain, la dame sort de sa jeune voiture, très certainement porteuse, mais sans symptômes, et s'avance vers moi. Elle se penche à ma portière et se confond en excuses, en me postillonnant à la figure. Je sens les gouttelettes de salive volatile brumiser ma veste et mon visage. Ma première tentation est de remonter illico ma vitre à toute vitesse avec la manivelle (c'est pour dire à quel point ma voiture est vieille et fait partie de la catégorie à risques), mais la conductrice fautive pose sa main pleine de doigts potentiellement infectés sur le rebord et continue à me répéter qu'elle n'a pas fait exprès, qu'elle espère que mon rétro n'a rien, etc. Et toujours ces gouttelettes… La politesse m'interdit de lui aboyer à la gueule, et je souris bêtement d'un air compassé, alors qu'à l'intérieur de moi le virus est très certainement déjà en train de commencer ses ravages dévastateurs. Comme je suis blême, muette, et que je la fixe d'un regard absent, elle sort une carte de visite de son sac et la brandit dans ma direction. Voyant que je ne la prends pas, elle passe sa grosse tête contagieuse dans l'habitacle et dépose la carte sur mon tableau de bord. Et là je ne me souviens plus de rien. Je pense que je me suis évanouie. J'espère qu'elle ne m'a pas mordue. Je sais que je suis rentrée chez moi avec mes courses et que je me suis enfermée à double tour. Je me suis installée devant la télévision et j'ai fait défiler les offres Netflix. En un, je tombe sur « Pandémie », une série en six épisodes qui date de février 2020. Dégoûtée, je zappe et je tombe sur « Temps présent », un reportage sur le coronavirus en Chine. Une horreur absolue. Je ne comprends pas que la RTS diffuse ça à une heure de grande écoute, juste après les directives bon enfant de l'OFSP chez Rochebin. C'est là que j'ai commencé à boire. Les premières gorgées c'est un peu difficile, mais on peut améliorer le goût de la solution hydro-alcoolique avec une rondelle de citron et une olive, ça passe mieux. Après le deuxième flacon, j'ai commencé à me sentir mieux et j'ai pu relativiser un peu. Le seul point positif dans cette affaire, c'est que ce virus épargne les enfants et décime les vieux, paraît-il. On peut donc en déduire que ce microbe est sensible aux coûts de la santé engendrés par les seniors, et aux problèmes de liquidités que rencontre actuellement l'AVS. De là à penser qu'il est issu du grand complot qui lie les assureurs et notre gouvernement, il n'y a qu'un pas... Grand complot d'extrême droite qui prône depuis des décennies la fermeture des frontières à l'immigration virale et malfaisante. Grand complot pour sauver Venise de ses hordes destructrices de touristes et de paquebots de croisière. Grand complot de la CIA pour se débarrasser des Chinois. Grand complot des chauves-souris et des pangolins pour se venger des humains. Grand complot de Greta Thunberg pour stopper la mondialisation. Grand complot de Postfinance pour promouvoir le paiement sans contact. Au troisième flacon j'avais pris ma décision. Changer de voiture. Acheter un SUV avec toutes les options. Et si le médecin cantonal s'avise de me faire souffler dans l'éthylomètre, je m'en fous, je l'embrasse sur la bouche.

Quand le chien aboie, le corona passe

« [...] il faut pardonner au pape. [...] c'est la seule manière de se mettre au-dessus de lui. » Albert Camus

C'est complexe le fédéralisme. Jésus, mon chien, est un être plutôt angoissé qui longe les murs et évite de marcher sur les lignes. Si je suis triste il se traîne, les oreilles basses, si je boite, il boite. C'est un chien extrêmement empathique. Et pour le faire obéir, plus je suis gentille, mieux ça marche. L'autre jour, nous avons croisé un bull-terrier avec son maître, sans laisse. Une sorte de molosse à poil ras, court sur pattes, qui s'apprêtait à traverser la rue. Le type l'a rattrapé par le collier et lui a cinglé le dos avec la laisse avant de l'attacher serré. Constat numéro un, il y a deux façons d'obtenir le même résultat, la douceur et la violence. L'autre jour j'étais au parc, à me les geler avec ma petite-fille. Sur le banc voisin, un petit garçon prenait son goûter, accompagné de son papa et de sa maman. Des biscuits à l'épeautre bio, et une gourde d'eau plate. Moi, j'avais acheté des biscuits au chocolat et une brique de thé froid à la pêche. Le petit garçon louchait avec envie sur notre goûter, et à un moment donné, il a jeté rageusement son biscuit par terre et l'a piétiné. Le père s'est tout de suite énervé. « Tu sais le nombre d'enfants qui meurent de faim dans le monde ?... Ramasse, sinon on rentre. » Et la mère de renchérir : « Tu rends maman triste. » Le petit garçon s'est mis à pleurer sous la menace, affreusement coupable. Par ce simple geste, il était devenu responsable à la fois de la faim dans le monde et du chagrin de sa maman. Constat numéro deux : il y a deux façons supplémentaires d'obtenir un résultat, la menace et la culpabilisation. Nous avons furtivement rangé notre goûter, avant de nous lever, l'air de rien, pour aller aux balançoires. J'ai jeté de loin un coup d'œil sur le conflit dans mon dos. Plus de désarroi dans les yeux du petit garçon, mais une rage froide, celle de la désobéissance. Il s'était levé, et, trompant la vigilance de ses parents, en pleine session parlementaire, il était en train de désintégrer littéralement le biscuit à l'épeautre dans une bouche d'égout. Constat numéro trois : la culpabilisation et la menace amènent à la désobéissance. Quatre options s'offrent donc à nous si nous voulons être obéis : Empathie-Autorité-Menace-Culpabilisation. À mon humble avis, la plus efficace de ces options à long terme, reste quand même l'empathie. Celle qu'on pouvait lire dans les yeux d'Alain Berset dans les premiers temps de la pandémie. On lui aurait obéi les yeux fermés, en lui léchant la figure avec enthousiasme. Mais s'il nous aboie à la gueule, menace de nous frapper avec la laisse, et nous accuse de tous les maux, personnellement je n'ai qu'une envie, c'est de désobéir et de désintégrer mon masque dans la bouche d'égout la plus proche, pas vous ?...

Show must go home

« – Quelle est la recette de cette potion ô druide… ? […] – L'origine de cette recette de cette potion se perd dans la nuit des temps et elle ne se transmet que de bouche de druide à oreille de druide. Tout ce que je peux te dire, c'est qu'il y a du gui et du homard. » René Goscinny, *Astérix le Gaulois*

L'autre jour, je suis allée au centre commercial avec ma petite-fille. En passant le seuil du magasin elle m'a tendu ses petites mains pour que je les désinfecte. Arrivée au rayon des jouets, elle n'a absolument rien touché. Elle a pointé du doigt un truc à bulles de savon et une balle antistress vert fluo. À la caisse, elle s'est placée sagement derrière la ligne de distance. Ensuite, on est allées jouer avec ça à la place de jeux. Il y avait du vent et les bulles irisées s'envolaient, comme des caresses, en direction des promeneurs masqués. Et moi je me disais, s'il y en a une qui éclate, c'est mille particules de salive sur la vieille dame, là, avec le déambulateur. En même temps, Alain Berset n'a jamais évoqué la propagation du virus par bulle de savon, ou bien ?... Ensuite, on s'est assises sur le banc pour prendre le goûter. Elle tenait son Minipic dans la main gauche et pressait compulsivement sa balle antistress de l'autre. Puis une fille plus grande est arrivée, et ma petite-fille m'a demandé de déplier un mouchoir en papier sur le banc avant d'y déposer sa balle et son Minipic. « Tu me désinfectes ? » Elles sont allées jouer sur le toboggan, sans s'approcher l'une de l'autre et sans toucher les montants du toboggan. Tous ces gestes de distanciation paraissaient tellement assimilés, tellement naturels, que je me suis demandé si un jour elle pourrait à nouveau tenir la main de quelqu'un et toucher un objet sans protocole sanitaire préalable. Vers 17h, nous avons repris le chemin de la maison en cueillant toutes sortes de petites fleurs. Elle voulait fabriquer une potion magique, parfumée mais empoisonnée. À chaque brindille arrachée, sans cesser son petit babillage de moineau, elle a tendu ses mains vers moi pour que je les désinfecte. Quand nous sommes arrivées, elle a voulu cuire dans une casserole le mélange de pétales et de mauvaises herbes. J'ai trouvé une petite bouteille de cognac de cuisine que j'ai bue d'un trait (ç'aurait été dommage de perdre), je l'ai rincée, et avec un entonnoir nous avons soigneusement transféré la liqueur empoisonnée. Ensuite, nous avons fabriqué une étiquette minuscule sur laquelle elle a inscrit : « poison pour désinfecter » avec une tête de mort dessinée au-dessus. Tout était dit. Comme si ce nectar était à la fois maléfique et salvateur. Elle a glissé la fiole dans sa poche, puis m'a interdit d'entrer au salon parce qu'elle voulait me faire une surprise. Elle m'avait préparé un spectacle. Je me suis installée sur le canapé pour la regarder. J'étais l'unique spectatrice dans le théâtre de mon salon. Pendant qu'elle s'enroulait dans la couverture du divan pour se déguiser, je me disais que dans sa petite vie post-covid, elle ne connaîtrait peut-être pas de si tôt le spectacle vivant. Elle ne saurait peut-être jamais rien de la grâce des danseurs enlacés, des acteurs qui chuchotent, crient, s'embrassent sans masques chirurgicaux. Rien non plus des gouttelettes dorées des trompettistes qui joueront bientôt isolés dans une zone de 10 mètres carrés bordée de plexiglas, comme des animaux dans une ménagerie. Plus de pianiste virtuose sans gants, devant un chef d'orchestre sans lunettes de protection. Plus de public non plus. Elle ne saurait peut-être jamais rien de la moiteur d'une salle pleine de gens en communion. Ça m'a descendu le moral en flèche. Puis le spectacle a commencé. Elle m'a joué l'histoire d'une princesse écureuil qui est très triste parce qu'elle est invisible, mais qui est sauvée par un renard qui lui donne un philtre magique dans une petite bouteille, et tout le monde la voit de nouveau et l'applaudit. Quand sa maman est arrivée vers 18h, elle s'est tournée vers moi et m'a dit : « Tiens Mamy, comme tu es très très vieille et que je ne peux pas t'embrasser alors je te donne ma potion. Mais tu la bois pas pour de vrai, hein, parce que c'est du vrai poison. T'as qu'à juste imaginer que tu la bois, c'est facile. » Quand elles sont parties, je me sentais beaucoup mieux. Quoi qu'il arrive, on serait tous sauvés par cette grâce merveilleuse qu'est l'imagination humaine. J'ai ouvert mon frigo pour me servir un verre de rosé. J'ai beaucoup d'imagination, certes, mais faut pas déconner quand même.

La décharge des indécis

Le paranoïaque, c'est celui qui connaît tous les faits

Ils ne vendent plus de sacs poubelle 110 litres à la Coop. Anecdotique, insignifiant, on s'en fout complètement me direz-vous, et pourtant… C'est une minuscule fissure qui n'apparaît pas à l'œil nu. Elle va s'étoiler, la faille va s'ouvrir et le torrent boueux va se déverser, engloutissant tout sur son passage. Quelquefois c'est comme ça. C'est une toute petite chose qui n'a rien à voir qui déclenche tout un processus. L'effet domino quoi… J'ai essayé de savoir pourquoi ils ne les vendaient plus. J'ai demandé à la caissière, au gérant: «Non, effectivement, on n'en reçoit plus. Non, on ne sait pas pourquoi, y en a plus, c'est tout.» La rage est montée doucement, comme le niveau d'une rivière. Avant qu'elle déborde, j'ai pris sur moi. En prévision de la pénurie, je suis allée acheter une poubelle toute neuve prévue pour des sacs 60 litres. Je suis allée chez Denner acheter un stock de sacs 110 litres que j'ai planqué derrière ma machine à laver, en mode survivaliste. Je me disais qu'avec ça, je tiendrais encore six mois avec ma vieille poubelle. Je n'arrivais plus à dormir en paix, sans arrêt je me demandais pourquoi ils avaient décidé de stopper la production des 110 litres, tout en étant parfaitement consciente de l'absurdité de mon obsession. Est-ce que ça fait partie de la campagne pour le tri des déchets? Est-ce qu'ils pensent que les gens mettent tout et n'importe quoi dans un trop gros sac? Est-ce qu'ils projettent de fabriquer des sacs poubelle transparents? On n'oserait plus déposer ses poubelles de jour, on les masquerait sous des couvertures, on aurait un QR code pour déverrouiller les containers des points de récupération? Forcément, les poubelles deviendraient sauvages, des décharges d'ordures hors-la-loi partout dans les sous-bois. Des éco-fonctionnaires chargés d'analyser les déchets pour retrouver le propriétaire fautif grâce à l'ADN. «Il y avait vos empreintes sur le sac, inutile de nier, vous avez saboté les chances de recyclage organique de cette peau de banane, vous ne pensez pas qu'elle aurait mérité mieux que ce sac 110 litres?» Des dénonciations de voisins, des peines de travaux d'utilité publique... Tu aurais ta photo partout en grand, tu serais obligé de bouffer tes propres déchets devant tout le monde. Il y aurait les solidaires, ceux qui font tout bien, les piles, l'alu, le PET, le verre, le papier, les capsules de café, le fer blanc. Qui découperaient les cartons en 264 morceaux pour les enfiler dans les minuscules ouvertures des containers enterrés, et puis les sales égoïstes, les parias, ceux qui déposeraient les cartons intacts, de nuit, à côté du container à papiers. J'ai même rêvé qu'il y avait un vaccino-point devant les hôpitaux. Un container pour les vaccinés négatifs, un pour les vaccinés positifs, un pour les non-vaccinés positifs, un pour les non-vaccinés négatifs. Et une discrète décharge sauvage un peu plus loin, avec tous ceux qui n'entrent dans aucune de ces catégories. Ceux qui ne sont ni anti-vaccins, ni conspirationnistes, mais qui doutent de tout parce qu'on ne leur explique pas clairement pourquoi il n'y a plus de sacs 110 litres à la Coop. Dans mon rêve, je me couchais là, dans la décharge des indécis, à l'air libre, pour me désintégrer en paix au pied d'un panneau qui disait: «Il n'y a pas de démocratie plus efficace que le mort.»

La pensée magique

« Dans les champs de l'observation, le hasard ne favorise que les esprits bien préparés. »
Louis Pasteur

J'ai une amie qui est bibliothécaire et qui déteste le bruit. Elle a déménagé une trentaine de fois en dix ans, et maintenant elle habite un trois-pièces sans balcon avec double vitrage. Elle ne va jamais dans des toilettes qu'elle ne connaît pas et collectionne les canards en bois. Elle roule dans une petite Twingo impeccable, et, l'autre jour, elle m'a gentiment ramenée chez moi avant de se rendre à sa répétition de chant sacré. La radio s'est allumée spontanément quand elle a mis le contact. À un moment donné, l'animateur a prononcé le mot « Canard ». Mon amie s'est soudain écriée : « Regarde l'affiche là ! C'est écrit « canard » et le type vient de dire le mot « canard », et je collectionne les canards, c'est dingue, ça m'arrive tout le temps ! » Je lui ai répondu de façon un peu pédante que C.G. Jung avait appelé ce phénomène la synchronicité, « occurrence simultanée entre des choses qui n'ont aucune causalité », et que ça pouvait déboucher sur un trouble psychiatrique appelé « apophénie », qui consiste pour le patient à trouver un lien entre des évènements là où il n'y en aucun. Ce qui débouche inévitablement sur le sentiment d'être le centre du monde, et puis, quand c'est plus grave, sur la paranoïa. Puis nous avons bavardé au sujet du chant sacré et de la foi. Je lui ai raconté qu'une nuit, après une soirée pénible, j'étais sortie promener le chien, pleine de colère et de désespoir. Sur le chemin, j'avais demandé à Dieu de me donner un signe de sa présence à mes côtés. Soudain, j'avais vu, au détour d'un chemin, une haie éclairée de nulle part, entièrement nimbée de lumière verte. Et puis, un peu plus loin, la silhouette d'un homme appuyé sur de longues béquilles de bois à l'ancienne, fichées sous ses aisselles, qui s'éloignait en balançant ses jambes dans la nuit. Une fois rentrée à la maison, je m'étais couchée, avais pris mon livre, et au moment où je lisais le mot « verte », une sauterelle tout aussi verte que le mot était venue se poser sur ma page, ses longues pattes fichées sous son torse, comme le boiteux. J'y avais vu un signe évident de la présence de Dieu. Or, il y a quelques jours, je fais une recherche internet sur la vaccination chez les moins de douze ans. Quelques minutes plus tard, je reçois sur mon téléphone un lien avec un article sur un enfant mort du covid en Alabama. Je clique, je lis l'article et éteins mon ordinateur. Plus tard, en le rallumant, j'ai droit à une série de liens suggérés : sur les tests salivaires des tout-petits en Israël, sur un fœtus testé positif au covid au Pakistan, et sur le port du masque dans les écoles. Tout venait à moi, tout allait miraculeusement dans mon sens. Le cloud m'envoyait des messages personnels et me confortait dans mon opinion. Comme le canard de la radio, comme la sauterelle de Dieu. Je me suis imaginé ce qui se passerait si mon amie bibliothécaire, une gentille fille angoissée, cliquait sur les mots « bruit » ou « toilettes publiques », et je me suis dit qu'après avoir lu douze articles sur les bactéries fécales et les 5 décibels autorisés dans le cadre de la protection contre les nuisances sonores, elle cesserait définitivement de collectionner des canards en bois et achèterait un fusil à lunette de grande précision pour abattre tous les voisins de l'immeuble d'en face qui auraient la mauvaise idée d'aller aux toilettes. Comme quoi, c'est très facile finalement de transformer une simple bibliothécaire en sniper.

La conspiration des cailloux

Pour les enfants, marcher ne suffit pas…

J'ai acheté une douzaine de tulipes, comprimées dans leur cellophane. Juchée sur une chaise, ma petite-fille s'est emparée d'une tulipe rouge en déshérence sur la table. Je lui ai demandé ce qu'elle comptait en faire, elle m'a répondu que c'était une arme secrète pour protéger le monde. Profitant d'une courte éclaircie, nous sommes sorties nous promener. Ma petite-fille serrait sa tulipe dans sa moufle informe. Soudain, elle s'est arrêtée et l'a brandie au-dessus d'un tas de cailloux. Après quelques phrases incantatoires, elle s'est mise à frapper les cailloux avec la fleur, puis elle s'est tournée triomphalement vers moi : « Je viens d'en tuer au moins mille ! » « Mille quoi ma chérie ? » « Mille lips bien sûr. » J'ai mis un moment à comprendre que dans le cerveau malléable de cette jeune conspirationniste, un « lip » était bêtement un caillou, et qu'on pouvait éradiquer les lips avec une « tue-lipe ». Elle m'a expliqué ensuite, avec une certaine condescendance, que les lips étaient particulièrement dangereux parce qu'il y en avait partout, qu'ils étaient gris et immobiles, prêts à sauter à la gorge de n'importe quel passant insouciant. Pendant qu'elle gambadait devant moi avec sa tulipe déchiquetée, j'ai consulté mon téléphone et je me suis aperçue que j'avais deux publicités sur mon navigateur. Deux publicités pour des actions sur les bulbes de tulipes au Garden Center. Elle avait raison ma petite chérie, on nageait en pleine conspiration. Le principe est simple. Je vais acheter des tulipes. Je paye avec ma carte sans contact. Les données de mon achat sont transmises à un logiciel qui m'envoie instantanément une information destinée à titiller mon économie désirante de printemps. Inoffensif direz-vous ? Pas tant que ça. En 1673, aux Pays-Bas, il y a eu un engouement improbable pour les bulbes de tulipes. Tout le monde en voulait. Le cours de la tulipe a grimpé de façon exponentielle et totalement disproportionnée. Un seul bulbe valait vingt ans de salaire d'un ouvrier de l'époque. Jusqu'à ce qu'on se désintéresse de la tulipe et que tout s'effondre. C'est ce qu'on appelle une bulle spéculative. C'est ce qui arrive aujourd'hui avec le bitcoin, sauf que le bitcoin est virtuel. On ne peut pas planter un bitcoin, ni le mettre dans un vase. Le bitcoin n'existe tout simplement pas. Allons plus loin : le bitcoin a gagné et l'argent réel n'existe plus. Je reçois mon salaire en crédits. J'ai cinq mille crédits à la fin du mois sur mon téléphone. Je vais acheter deux paquets de cigarettes et une bouteille de Vodka. Mon assurance caillou m'envoie instantanément une alerte : « Le groupe caillou désapprouve votre achat. De plus, nous constatons que vous n'êtes pas encore vaccinée. Nous sommes donc dans l'obligation d'augmenter votre prime. » Au retour, le feu rouge pour traverser s'éternisait. Je me suis dit « Bah, traversons… » J'ai saisi sa petite main mais elle a refusé de s'engager sur la chaussée. « On n'a pas le droit Mamie… Si on fait ça, les lips vont se fâcher. » Je lui ai répondu qu'elle avait raison. Mais pas parce que les lips risquaient de se fâcher, parce qu'on risquait de mourir tout simplement. Et que ça, c'était bien réel. Allez, demain je retourne au Garden Center, il faut absolument que j'achète des bulbes de muguet. Comme ça, le 1er mai, jour de la fête du travail, je pourrai aller tuer du bitcoin, le brin de muguet à la main.

Statue Quo

Martyre : en menuiserie, pièce de bois qu'on place à l'arrière d'une surface avant de percer, afin d'éviter que le bois s'arrache.

La statue que je fréquente est en plâtre creux. Ce n'est pas une vraie personne, je le sais bien, je ne suis pas dupe. Personne ne peut rester cloué sur une croix pendant deux mille ans sans dommages collatéraux. Même pas Darius Rochebin. Elle est fixée au mur avec des vis et des boulons. À ses pieds, dans des vases en cristal épais, il y a toujours des chrysanthèmes rose pâle qui baignent dans l'eau croupie, des lys orientaux à l'odeur tenace, et des azalées en pot qui perdent toutes leurs feuilles d'un seul coup, comme si elles avaient subi un grand choc émotionnel. Je vais lui rendre visite de temps en temps. L'avantage d'une statue, contrairement à Dieu qui a beaucoup à faire, c'est qu'elle est toujours là pour encaisser. L'autre jour, j'entre dans l'église et je tourne la tête à droite : plus de statue. Un mur vide et des fils électriques apparents. Je demande discrètement à une femme masquée, qui m'arrive dessus en brandissant son désinfectant, où est passée ma statue. Elle me chuchote qu'elle a été vandalisée, arrachée du mur et jetée au sol. Comme ça, en plein jour. Pour me remettre du choc, je tends la main vers le bénitier afin d'y tremper mes doigts. J'aime faire ça avec l'eau bénite. C'est un peu comme se mettre du parfum derrière les oreilles avant de sortir affronter le monde. Mais là, plus d'eau. Je veux entrer dans la nef, mais la femme au masque me barre le chemin. De loin, je jette un œil à la petite statue de la Vierge à gauche de l'autel. Ouf, elle est toujours intacte, toute pimpante sur son socle. Je me suis toujours dit que si elle nous tendait son enfant de cette façon, c'était pour s'en débarrasser et avoir la paix un moment. Pendant que le curé fait son sermon, je pense à la statue de David de Pury, l'esclavagiste bienfaiteur, badigeonnée sauvagement de peinture rouge sang. Je pense aussi au pauvre pylône électrique saboté au chalumeau à Gland. Même si je suis contre l'esclavagisme et la 5G, je n'apprécie pas beaucoup le vandalisme. Je ne peux pas m'empêcher de penser au type qui a sculpté la statue et surtout à ceux qui doivent tout nettoyer au Kärcher après. En fait, je ne concevais pas vraiment le vandalisme avant d'en être victime dans mon biotope à moi. En contemplant l'emplacement vide dans l'église, j'ai enfin compris la portée émotionnelle d'un sabotage, d'un déboulonnage. En sortant, j'étais en colère contre les individus qui avaient vandalisé ma statue. Et résultat des courses, ma foi en l'absent était devenue, l'espace d'un instant, dix fois plus puissante qu'avant. Si ça fait le même effet à un raciste primaire ou à un cadre chez Swisscom, moi je vous le dis, on va pas vers le beau. Peut-être qu'un panneau dans l'église, avec marqué dessus: «La religion a tué plus de 500 millions de personnes dans le monde» aurait suffi à me calmer... Je me demande s'ils vont ériger une statue au professeur Pittet. Parce que s'ils le font, j'exige un panneau avec marqué: «Ce type a sauvé des vies, mais il a contribué à répandre une psychose généralisée qui risque d'en supprimer pas mal non plus.»

Une vanité

Nagori, littéralement le reste des vagues, soit la nostalgie de la saison qui vient de se terminer.

Mon fils de 18 ans a tout simplement oublié de dire «bonjour» en arrivant. Confuse, je débarrasse les assiettes: «… Les jeunes ont besoin de pouvoir se contempler dans d'autres yeux que ceux de leur mère à longueur de journée… C'est très dur pour eux, ce qui se passe en ce moment.» Le petit vieillard tripote sa cuillère. Il me regarde avec ses yeux pétillants d'intelligence: «… Ils n'ont jamais connu la guerre.» Ce peintre du dimanche est à l'âge où on devrait se préoccuper principalement de savoir ce qu'il y aura comme dessert, et pourtant, il est infiniment plus perspicace. Fluet, soigné, aussi évanescent que ce haïku, qui est de lui, d'ailleurs: «La feuille qui tombe un instant remonte, puis sur le banc se pose.»

Je ne m'en lasse pas. Pendant que j'émiette des biscuits sur la purée de pomme, il me dit qu'il ne faut jamais peindre les fleurs plus grandes qu'elles ne le sont en réalité, parce qu'elles y perdraient leur nature même de fleurs. J'ai compris, il veut changer de sujet et parler peinture, mais je ne me laisse pas faire: « Vous dites qu'ils n'ont jamais connu la guerre… » Je pose les coupes sur la table. « On peut se battre en cas de guerre, on peut se révolter, prendre parti, résister, l'ennemi est tangible. On peut subir un tsunami, être pris dans un tourbillon de planches de clous et d'algues pendant deux heures, évaluer les dégâts et tout reconstruire. Mais là maintenant, avec cette pandémie, on est impuissants, abattus. » Il contemple son dessert. « Vous avez peut-être raison. D'ailleurs ça se vérifie en peinture. On peut peindre la guerre. Combien de tableaux représentant batailles, soldats entassés, villes détruites, colonnes grecques brisées… On peut peindre des catastrophes naturelles, scènes bibliques de déluges, orages romantiques, bateaux s'écrasant contre d'exotiques récifs, mais on ne peut pas peindre cette pandémie. Ce qu'on pourrait éventuellement montrer, c'est le rictus de la souffrance, l'apaisement de la mort, mais vous avez raison, on ne peut pas représenter ce virus. Quoique… »

Il s'essuie les lèvres, énigmatique. Pendant que je lui verse son café, il me demande si je sais ce qu'est « une vanité ». Il m'explique que c'est une composition picturale, une sorte de méditation sur la nature passagère et vaine de la vie humaine face à la mort qui guette. C'est une nature morte composée, par exemple, d'un crâne humain, d'un sablier, d'une fleur… Il dit vouloir en tenter une. Il dit que ce serait la seule façon de peindre la pandémie. Je lui demande où il pense dénicher un crâne. Il me répond qu'il n'y mettra pas de crâne mais un iPhone. Parce qu'une nature morte réussie, c'est juste avant que quelque chose ne vienne perturber le tableau. Il a raison. Le dernier tableau qu'a contemplé Lady Diana avant de mourir, c'était le tableau de bord. « Dimanche, je peindrai cette vanité. Mais je la détruirai immédiatement, parce que ce sera un mauvais tableau. Tout juste bon à masquer un coffre-fort. » Nous en restons là. Je l'aide à enfiler son manteau, puis il range délicatement ses appareils auditifs dans leur petite boîte avant d'ajuster son masque. Je m'approche de son oreille : « Vous êtes une force de la nature, René… » Il me sourit : « Oui, mais une nature bientôt morte. »

Dommages collatéraux

« Il y a trois choses qu'on ne peut pas regarder en face : le soleil, la mort et le dentiste. » Alex Metayer

Ça a commencé sournoisement. Je regardais un film, et à la fin, des gens s'étreignaient sauvagement en riant, ils étaient au moins douze à table, entassés dans un bistrot, un mélange obscène de générations confondues, ils fumaient tous, et le couple vedette s'est embrassé à pleine bouche. J'ai ressenti un trouble proche de la panique. J'ai zappé immédiatement, comme devant un film d'horreur. Je me suis calmée en regardant le TJ en replay. Là, ouf, que des images inoffensives, apaisantes. On enfilait des Qtips géants dans des nez, on désinfectait des épaules avant d'y enfoncer des aiguilles, la routine quoi. Mais c'est le lendemain que ça a vraiment commencé. Quand je me suis réveillée, j'étais sûre que dans les jours à venir, j'allais perdre toutes mes dents. Qu'elles allaient simplement se déchausser et tomber. Depuis, j'ai des tics nerveux. Je passe ma langue derrière mes incisives du bas environ dix mille fois par jour pour m'assurer qu'elles ne bougent pas, qu'elles sont toujours alignées. Je n'ose plus les brosser, je mâche avec les dents du fond. Ça prend une telle ampleur que je me dis que pour en finir il faudrait que j'aille chez le dentiste. Mais comme j'ai encore plus peur d'aller chez le dentiste que de perdre mes dents, je temporise. Pire que les élections américaines. J'ai seize grands électeurs qui me disent d'aller chez le dentiste, et seize grands électeurs qui me disent d'aller voir un psy. Qui sera le prochain président de mon cerveau reptilien ? Parce que je suis allée voir sur internet naturellement. Pour savoir ce que signifie cette phobie de perdre ses dents. « Sentiment d'impuissance, perte des forces vitales, peur de la mort. » Allons donc... La vérité, c'est que je suis une victime collatérale du covid. Immobilisée, impuissante, coupable, punie, résignée, puisque même perdre son travail et faire tout bien avec le masque ne suffit pas. Et comme je n'ai pas le droit de me distraire parce que c'est mal, forcément c'est mon imagination qui prend le relais, comme une génératrice électrique quand il y a une panne de courant généralisée. Ce bon vieux Nietzsche disait que l'homme ne peut pas supporter longtemps un excès de réalité, eh bien je suis en plein dedans ! De là à penser que le virus est un complot fomenté par l'ordre des dentistes, il n'y a qu'un pas. Il paraît qu'il existe des cliniques dentaires où on pratique des soins d'assainissement pour les patients phobiques. On s'endort sous anesthésie générale, et quand on se réveille, on a des dents toutes refaites, toutes blanches. Ça coûte une blinde, mais en attendant le vaccin miracle contre l'imagination qui fait tant de victimes silencieuses, je vais quand même faire une demande au fond pour les cas de rigueur. Si ça marche, j'aurai les dents tellement blanches que je pourrai même envisager de faire du cinéma. En attendant, dans le tram, dans la rue, j'imagine sous les masques immaculés de larges sourires édentés et je me sens un peu moins seule.

Poussière de Mars

« Plongée dans la beauté, l'intelligence fait son repas de néant. » Albert Camus, *Noces*

Le jour où le ciel est devenu jaune, ma première pensée a été « c'est la fin du monde ». C'est dire à quel point la politique du pire a pris insidieusement sa place dans mon cerveau. Un picotement dans la gorge et je suis sûre d'avoir les premiers symptômes, un ciel étrangement coloré et je projette la fin du monde. Et puis je suis sortie dans la rue et j'ai vu les voitures noires constellées de dorures. J'ai passé mon doigt sur une carrosserie et frotté la poussière d'or entre deux doigts. Du sable… Du sable en provenance du Sahara. Je l'ai même goûté. Un cadeau du ciel, comme lorsqu'un animal sauvage vient nous rendre visite. Un cerf immobile dans une clairière, un renard dans un jardin. Un petit moment de grâce inouïe.

À ce moment précis, un des rares avions qui volent encore a traversé le ciel et j'ai été prise d'une envie de m'en aller comme jamais.... Un besoin pénétrant de chaleur, d'imprévu, d'océan. Le bleu Majorelle des jardins, le thé à la menthe, l'air iodé et le fracas tonifiant des vagues. Un désir urgent de liberté, aussi impérieux qu'un désir amoureux. Depuis, je me sens comme la princesse Latifa Al Maktoum, en veine d'émancipation. Prisonnière dans les toilettes de mon palais à Dubaï, tandis que l'Émir, mon père, reçoit les premières images de sa sonde spatiale « Hope », sur son rutilant Samsung Galaxy S21. Ici, la loi dit que je dois porter mon misérable niqab jetable en papier bleu, comme les femmes arabes portent leur voile intégral là-bas. À l'origine, il semblerait que le niqab permettait de distinguer les épouses honorables des esclaves et des prostituées, lorsque les femmes allaient faire leurs besoins dans les rues de la ville de Médine, la nuit, afin qu'elles ne soient pas violées par les hommes. Moi je porte mon masque tout le jour même si j'ai des toilettes, mais le résultat est le même. Une fente, deux yeux, lassitude et soumission dans le regard. S'évader, partir. Bientôt aussi périlleux que d'obtenir le droit de rejoindre un pays libre pour une femme oppressée...

Bientôt, il faudra un passeport qui prouve que l'on a été vacciné pour aller voir la mer. Est-ce qu'on ne pourrait pas simplement vacciner la princesse Latifa contre le désir irrépressible de liberté ? Le lendemain, j'ai pris ma voiture blanche étoilée de sable. J'ai enclenché mes essuie-glaces, giclé du produit à vitre, et mon pare-brise s'est recouvert d'une pâte jaunâtre. Le sable mouillé de la dune de Tipasa. Une file ininterrompue de véhicules souillés, clignotant à droite, attendait au lavage automatique. Ainsi va le monde. Quand on ne peut pas assouvir un désir, on trouve toujours un moyen d'effacer les traces de ce qui nous a bouleversés. Ce qu'on ne peut pas obtenir, on l'élimine ou on le hait. Ce jour-là, j'aurais dû écumer les places de parking, comme une contractuelle hystérique, et recueillir le précieux sable du désert sur les carrosseries noires avec un pinceau en poil de dromadaire, tout mettre dans un sablier de verre et le poser sur ma table de nuit. Tandis que « Persévérance » et « Espoir » se posent sur Mars, à 60 millions de kilomètres des toilettes de marbre de Latifa, je lis. C'est ma seule fenêtre de tir. Je lis encore et encore : « L'incessante éclosion des vagues sur le sable me parvenait à travers tout un espace où dansait un pollen doré. Mer, silence, parfum de cette terre, je m'emplissais d'une vie odorante et je mordais dans le fruit déjà doré du monde, bouleversé de sentir son jus sucré et fort couler le long de mes lèvres. » Je lis, et ces mots-vaccins me protègent du virus de la haine. Ils me donnent même « persévérance » et « espoir » de sentir, à nouveau un jour, le vent de la liberté souffler sur mon visage.

Bonne fête Maman !

« La liberté, c'est de pouvoir choisir celui dont on sera l'esclave. » Jeanne Moreau

Je ne voulais pas me faire vacciner, je suis une rebelle. D'aussi loin que je me souvienne, ça a commencé par la clope. La ceinture de sécurité et la clope. Tu fumes, ta liberté de fumer empiète sur celle des non-fumeurs. Dans l'ordre : on te sensibilise, on te fait peur, on te culpabilise, on te taxe. Tu fais ce que tu veux avec tes poumons, mais tu ne fumes plus dans les lieux publics. Pour que tu comprennes bien, on augmente régulièrement le prix des paquets. On ne t'interdit pas de fumer, mais on t'emmerde tellement que tu finis par arrêter. Ensuite les voitures. Tu peux utiliser ta voiture, bien sûr, mais à 30 km/h. Libre à toi de slalomer entre les pistes cyclables, les bus et les ralentisseurs, mais tu auras de moins en moins de places de parking à disposition, tu devras présenter un macaron anti-pollution, payer une taxe CO_2, et tu resteras bloquée dans d'interminables bouchons. On ne t'interdit pas de conduire, mais on t'emmerde tellement que tu finis par ne plus prendre ta voiture. Et puis le smartphone. Tu peux vivre sans, bien sûr, mais tu n'auras pas accès aux applications et aux QR codes, tout va devenir extrêmement compliqué pour toi et te coûter beaucoup plus cher. Contacter tes amis, lire un journal, faire tes paiements. Et si tu as cédé à la pression pour le téléphone, on t'emmerde tellement avec les cookies que tu finis par cliquer sur « tout accepter ». Pour la clope, en tant que rebelle responsable, tu as bien tenté la cigarette électronique, mais là on t'a dit pareil. Pas de compromis, pas de e-cigarettes dans les bistrots. On t'a fait comprendre que le bien de tous passe avant ton petit confort que tu prends pour de la liberté. Et à la fin, tu as obéi, par lassitude. De rebelle, tu es devenue honteuse, puis tu t'es soumise. Tu t'es même habituée à la nouvelle donne. De frustrée, tu es devenue aigrie et tu as commencé à mépriser tous les rebelles attardés. Tout ça, c'est un processus logique. C'est comme ça que ça marche la société : ta liberté s'arrête où commence celle des autres. Tu es libre de ne pas te faire vacciner, bien sûr, mais tu vas tuer des gens et tu ne pourras plus aller au restaurant, au cinéma, à l'étranger. On ne te force pas mais on t'emmerde tellement que tu finis par t'inscrire à la vaccination. Je ne voulais pas me faire vacciner, je croyais être une des dernières rebelles survivantes. Avec ma Peugeot Partner, mon téléphone à touches, mon paquet de Camel filtres. Jusqu'à ce que mes enfants s'inscrivent sagement, l'un après l'autre, à la vaccination. Pas pour partir en vacances, mais pour me protéger moi. On m'avait prévenue pourtant. Tu es libre de ne pas avoir d'enfants, bien sûr, mais tu ne connaîtras jamais la plénitude de la grossesse, les déductions fiscales et les dessous de plat en pince à linge pour la fête des mères. Tu es libre, mais on t'emmerde tellement que tu finis par faire des enfants. C'est comme ça que ça marche la famille : ta liberté s'arrête là où commence l'amour inconditionnel. Et cette année pour la fête des mères, ils m'ont fait un cadeau commun : un joli certificat de vaccination.

« On ne peut empêcher les oiseaux noirs de voler au-dessus de nos têtes, mais on peut les empêcher d'y faire leur nid »

(proverbe chinois)

En Chine, il existe une herbe qui a l'odeur de la foudre.

J'ai toujours un verre d'eau claire qui m'attend sur la table de ma cuisine. L'autre jour, je rentre des courses et je veux porter le verre à mes lèvres, mais j'interromps mon geste. L'eau est jaune foncé. Je m'assieds sans enlever ma veste et scrute l'eau à travers le verre. Les hypothèses les plus débridées traversent alors mon cerveau: l'eau du robinet est empoisonnée au plomb, le chat s'est vengé, un pétale de jonquille a voleté par la fenêtre... Je chausse mes lunettes et le mystère s'éclaircit. Une minuscule feuille de thé gît au fond du verre, cerclée d'un halo orangé. Cette petite chose sèche et recroquevillée s'est déployée pendant mon absence et a changé la nature même de mon eau. Comme un jour de dégel, lorsque l'excentricité de la neige fait place à la banalité de l'eau. Quand j'étais petite, le dimanche, mes vieilles tantes parlaient des « chinois » restés au fond de la tasse ou dans la théière. « Ne jette pas les chinois, va les répandre dans les rosiers, ça leur donne une jolie couleur... » On pouvait même prédire l'avenir grâce à la disposition aléatoire de ces fameux chinois répartis au fond de la tasse. Il fallait boire le thé, faire tourner trois fois la tasse dans le sens des aiguilles d'une montre en se concentrant sur la question posée, retourner prestement la tasse dans la soucoupe mais surtout, il fallait posséder un sens aiguisé de l'interprétation... Là, cinquante ans plus tard, mon avenir s'était joué pendant que j'avais le dos tourné. Un seul « chinois » avait transformé mon eau, et je n'avais rien vu venir. En rangeant mes courses, vaguement coupable, j'ai pensé à l'huile de palme dans le pot de Nutella, et forcément à la mondialisation. À la façon dont elle avait accru notre dépendance à la Chine. À la façon dont la Chine était en train de conquérir pas à pas le marché européen fragilisé par la pandémie. Aux ports mythiques rachetés par les Chinois dans toute l'Europe, Le Pirée, Zeebruges, Gênes, Trieste… Et pourquoi pas les bateaux de la CGN et l'eau de mon robinet bientôt ? J'ai pensé au laboratoire de l'institut de virologie à Wuhan. J'ai pensé aux six cents millions de caméras thermiques qui tracent quotidiennement les Chinois, à la reconnaissance faciale, au crédit social, aux drones et aux accès interdits par des QR codes. À la récente arrogance décomplexée des dirigeants chinois, aux sanctions diplomatiques à l'encontre des chercheurs européens, et j'ai été prise de vertige. Et si toute cette affaire de pandémie n'était effectivement qu'un complot destiné à contrôler toute la planète… J'ai eu une pensée émue pour les chauves-souris et les pangolins qui avaient bon dos, vraiment, j'ai vidé mon verre dans l'évier, puis j'ai enfermé mon téléphone Huawey dans le tiroir de la table. J'avais besoin d'une bonne tasse de thé. Car comme on dit en Angleterre, où on aimait pratiquer la tasséomancie au 18e siècle, la gravité d'une situation peut être diminuée de moitié grâce à une bonne tasse de thé. Heureusement, il me restait quelques sachets en papier mousseline avec petite ficelle, petite agrafe et petit carton flottant. De la bonne vieille camomille Naturaplan inoffensive. Même si l'art divinatoire a toujours suscité une certaine fascination chez moi, j'éprouve au fond une crainte irrationnelle quant à ses prédictions. Je pense que c'est pour ça que par les temps qui courent, les vieilles tantes comme moi consomment plus volontiers de la tisane locale dans leurs tasses fêlées. Parce qu'au fond, elles ne souhaitent plus vraiment connaître l'avenir.

Murmurer à l'oreille des chevaux

... Regretter un peu moins, espérer un peu moins, et aimer un peu plus...

C'est très compliqué d'entretenir l'espérance, aussi exigeant et coûteux que d'entretenir un cheval. C'est une des tâches (et peut-être la plus pointue en ce moment) du Conseil fédéral et de sa task force. Entretenir la fougue tout en bridant l'animal. Le faire courir quotidiennement, mais au bout d'une longe, le maintenir au pas avec des œillères, afin qu'il ne soit pas distrait par les sollicitations extérieures, et le piquer au flanc si nécessaire. Qu'il se laisse docilement enfermer pour la nuit avec la promesse d'un sucre ou d'un ballot de foin. La nuit, debout dans sa stalle étroite, le cheval empêché contemple le ciel étoilé et rumine l'espérance. Et on le laisse faire, parce que l'espérance n'est pas incompatible avec l'obéissance, loin de là. Dans la boîte de Pandore, qui était en fait une jarre, Zeus avait enfermé tous les fléaux de l'humanité, dont la famine, la folie, le vice, la vieillesse, la maladie… Il avait retiré la voix aux fléaux, afin que les humains ne soient pas prévenus de leur arrivée, et qu'ils ne puissent en esquiver aucun. Et curieusement parmi ces fléaux, tout au fond de la jarre, gisait l'espérance. Un jour, poussée par une curiosité malsaine, Pandore ouvre la jarre et les fléaux muets envahissent le monde. L'espérance, elle, reste au fond. La question c'est « pourquoi ? » Est-ce que Zeus l'a laissée là par gentillesse, par compassion, afin que l'homme puisse supporter les fléaux, ou l'espérance est-elle au contraire le pire des fléaux ?… Puisqu'on attend quand on espère, sans pouvoir agir, sans savoir quand la chose va arriver. Je peux espérer la santé par exemple. Si j'espère la santé, c'est que je suis malade. Mais je n'ai pas le pouvoir de la faire arriver, et je suis dans l'ignorance du « quand » elle arrivera. Si j'espère, c'est que je m'en remets à plus fort que moi. L'espérance devient alors résignation, et la résignation est le contraire de la liberté. Seul le désespéré, celui qui n'attend plus rien, peut être libre. « N'espérez surtout pas, ainsi vous ne serez jamais déçu », disent le philosophe grec ou le moine taoïste. Alors, que doit faire le cheval s'il aspire à une liberté retrouvée ? Ruer dans les brancards ou apprendre à être simplement désespéré ? Mais qu'est-ce que c'est, le désespoir ?... On nous fourgue des tas de recettes sur le bonheur, mais le désespoir, comment ça se pratique au quotidien ? Je crois que ça se pratique comme la météo. S'il pleut par exemple, je peux choisir de rester à la maison. Je peux aussi choisir de sortir avec un parapluie, je peux accepter d'être trempé par la pluie, mais je peux aussi ne même plus regarder par la fenêtre pour savoir le temps qu'il fait. C'est ça, à mon avis, le désespoir. Le désespoir se fout de tout et de tout le monde. C'est du désespoir que le Conseil fédéral devrait se méfier le plus en ce moment, car il engendre désobéissance et chaos. Et « Chaos », dans la mythologie, c'est un gouffre sans fond où on fait une chute sans fin. Entretenir l'espérance c'est garder le contrôle, le désespoir, lui, joue hors catégorie. Quand un cheval est désespéré il est capable de tout. Même de tuer son maître.

L'exaspérante lenteur de l'escargot

« J'attends que le feu s'habitue à la cheminée. » Marcel Proust

Un escargot met exactement 14 minutes pour traverser un paillasson. J'ai pu effectuer ce calcul passionnant, parce que je suis restée longtemps plantée derrière la fenêtre. J'attendais. Quoi ?... Je ne sais plus exactement. Que la pluie s'arrête, la chute d'un pétale mouillé, un rayon de soleil... Et tandis que l'escargot imprimait sa trace luisante sur le poil gris et râpé de mon paillasson, je pensais à cette phrase magique de Roland Barthes dans ses *Fragments d'un discours amoureux* : « Attendre est un enchantement. J'ai reçu l'ordre de ne pas bouger. » Attendre. C'est ce que je fais de mieux depuis toujours. Quand on attend quelqu'un qu'on aime, il y a d'abord comme une effervescence. On ressemble à une coupe de champagne. On est entièrement accaparé par une mise en scène intime et jubilatoire. Quand tout est en place, on occupe son temps avec de petits rituels enfantins : je compte jusqu'à 24… Si ce chat blanc traverse la route… Si l'escalier a plus de treize marches… Alors il viendra. Mais s'il tarde un peu, cette joie anticipatoire se transforme en doute. Le champagne tiédit. C'est moi sûrement, je me suis trompée sur l'heure ou sur le lieu du rendez-vous. Et puis, d'un seul coup, le voile moucheté de l'angoisse obscurcit la raison. S'il avait été empêché, s'il avait eu… un accident. On dresse alors l'oreille à la moindre sirène d'ambulance, et ce qui avait été simple prière devient supplication. On va se rasseoir sur la petite chaise noire du désespoir et on imagine le pire. Si l'autre arrive à ce moment précis, on se jette dans ses bras et on le couvre de baisers, mais s'il tarde encore juste un tout petit peu, alors l'angoisse a eu le temps de se muer en colère. On brise la coupe d'un revers de main. Quel salaud ! Il ne m'aime pas comme je l'aime, il ne mesure pas ma souffrance, et s'il se présente à la porte à ce moment-là, on lui balance la chaise du désespoir à la gueule. Mais si l'escargot a traversé le paillasson, les dalles de la terrasse, le carré d'herbe, et qu'il a eu le temps de disparaître derrière la fontaine sans que l'autre arrive, alors on sombre définitivement. On abandonne la fenêtre, on emporte la bouteille au salon et on ferme la porte à clé. Si l'autre finit par sonner, on n'ouvre même plus, c'est trop tard. Même s'il tambourine contre la porte en vociférant qu'il a raté le bus, qu'il a croisé une connaissance, ou pire, que son téléphone n'avait plus de batterie. C'est trop tard, un point c'est tout. Le champagne est plat et de toute façon j'ai fini la bouteille. Si un escargot met 14 minutes pour traverser un paillasson, le Conseil fédéral, lui, met des semaines pour traverser une décision. Par exemple celle d'ouvrir les restaurants. C'est tellement long qu'on n'est même plus sûr d'avoir envie d'y aller. Il n'y a pas que l'économie qui est en jeu dans cette lenteur exaspérante, il y a aussi l'économie désirante. Et si, en plus, il faut un masque et un certificat pour aller bouffer une cassolette d'escargots et boire une coupe de champagne, alors j'ai bien peur d'être définitivement vaccinée contre mes propres désirs.

Vous sentez ce vent de libération qui souffle?

Selon les chercheurs, le triangle à pointe en bas est un signal menaçant pour le cerveau humain.

Comme après une bonne guerre ou une tempête de neige? Ce dimanche, dans le bac à sable «accès autorisé aux enfants entre 4 et 8 ans», on a bien profité de notre liberté mon petit-fils et moi. On a rempli l'arrosoir bleu «ne convient pas à un enfant de moins de 36 mois» à la parcimonieuse fontaine «point d'eau potable contrôlée» une douzaine de fois, aligné des boules de glace au sable sur le muret «ne pas ingérer risque d'asphyxie», creusé quelques tunnels pour les petites voitures «ne convient pas à un enfant de moins de 3 ans», planté quelques brindilles ramassées dans «l'hôtel à insectes» voisin pour figurer les arbres au bord de notre minuscule route et puis, à la fin, on a sauté dessus à pieds joints pour tout péter. Enfin moi surtout, parce que lui, il est tellement léger et son esprit est tellement volatil qu'il était déjà parti aux balançoires réservées aux enfants de 1 à 3 ans, tandis que je réunissais péniblement les affaires de sable dans la poussette « conforme aux exigences de sécurité ». Depuis le haut du toboggan « poids maximum 45 kilos », on avait un panorama fantastique « attention, risque de chute, utiliser sous la surveillance d'un adulte ». On est allés tremper nos pieds « douche antifongique obligatoire » dans l'eau chlorée de la pataugeoire « baignade non surveillée autorisée aux enfants de moins de 7 ans révolus ». Je lui ai mis son maillot de bain taille 18 mois « tenue de bain enfants et bébés obligatoire », enfilé sa bouée « poids max. 18 kg » et il a couru dans l'eau, « attention revêtement glissant ». Pendant qu'il pataugeait gaiement j'ai promené mon regard sur le parc. Sans le quitter des yeux bien sûr, « profondeur 30 centimètres risque de noyade ». Un peu plus loin sur la pelouse, « jeux de ballons prohibés », et le long de l'allée « interdit aux chiens », partout, des chiens, des groupes, des familles préparaient des grillades autour du panneau « grillades interdites », pendant que les enfants faisaient le cochon pendu sur les engins « Proxisport : fitness urbain réservé exclusivement aux adultes» et de la trottinette sur l'esplanade «interdit aux cycles et aux skateboards». Puis il a voulu aller voir les grenouilles. «Biotope humide faune sauvage: accès interdit». On est passés sous les grands arbres «ne pas marcher, pieds d'arbres naturels», et on a cueilli par la collerette, sans la tige, quelques trèfles au pied du panneau «ne pas cueillir: flore sauvage biodiversité». Il y avait un concert «musique interdite» à chaque table bancale. Les Balkans et les brochettes M-Budget, le Portugal, poulet mariné et hauts parleurs portables, l'Espagne, poulpe à la galicienne, iPhone à fond et ballon de foot, et l'Afrique, joueurs de djembés endimanchés, petites filles nattées de rose et boulettes créoles. Tous ces gens souriaient, chantaient, dansaient sous les arbres. Il s'est installé dans sa poussette en mâchonnant sa lolette puis il s'est endormi, bercé par toute cette humanité retrouvée. Je me suis assise sur une chaise pliante à la buvette «accès réservé aux consommateurs» et j'ai pensé à cette phrase: «La meilleure façon de contrôler un peuple, c'est de rogner ses droits par des milliers de réductions minuscules. De cette façon, les gens ne verront pas qu'on leur retire ces droits, jusqu'au point où ces changements ne pourront plus être inversés.» Je ne sais plus qui a écrit ça, je crois bien que c'est Hitler, dans *Mein Kampf*: « Attention danger, devoir de mémoire : historiciser le mal ».

Bulletins de santé

Ils nous retirent les fleurs, la nuit. J'ai de la chance je suis insomniaque. Alors j'en profite, la nuit, dans le couloir...

Vous avez déjà eu une angine d'été ? Une légère toux irritative et un soupçon de fièvre ?... En temps normal, c'est presque aussi déplacé que de manger une fondue au vacherin sur une plage des Maldives, presque... snob en fait. En temps normal, trois jours au Dafalgan et on n'en parle plus. Mais par temps de covid, c'est la porte d'entrée des enfers. En rentrant de vacances, coupable d'être partie voir la mer, mais soulagée d'avoir évité la liste rouge, j'ai pris un taxi pour l'aéroport. Il a suffi d'une petite heure de trajet avec la clim qui soufflait un air polaire dans mes sinus et, dans l'avion, du jet ciblé et glacé provenant de la petite buse vicieuse au-dessus de ma tête, pour transformer mon retour de vacances en cas de conscience. Le travail recommence demain. Le temps de défaire les bagages, un peu de ménage et c'est reparti pour un tour. Mais là, j'ai mal quand j'avale, ma gorge picote… covid ou pas covid ? Le lundi matin, je n'ose même pas aller à la pharmacie demander des pastilles pour la gorge, parce que j'ai peur qu'ils me dénoncent. Je n'ose pas tousser, je n'ose pas me moucher. Aller chez le médecin… ? Mais je ne peux pas me permettre une quarantaine, tout simplement parce que mon fils se marie samedi… Lundi matin, annonce du Conseil d'État, les réunions de plus de cent personnes sont interdites. Ouf, il y a soixante invités au mariage. C'est-à-dire soixante personnes à contaminer potentiellement… Que faire… Médecin, pas médecin ? Test, pas test ? Je ne peux décemment pas me faire porter pâle le jour du mariage de mon propre fils. Tout annuler ? Finalement je décide de me taire, de m'auto-soigner, et de ne rien dire à personne. De porter un masque à la mairie et d'éviter les très vieux pendant le repas. N'empêche que, vacances, mariage, ces évènements qui auraient dû être sources de joie sont devenus sources d'angoisse. C'est très éprouvant pour les nerfs. Un jour j'ai le sentiment désagréable d'être manipulée par l'état et les pharmas, et je suis prise d'une irrésistible envie d'arracher mon masque. Le lendemain je vois « 342 cas supplémentaires » et je me dis que je dois immédiatement me faire tester pour éviter de contaminer toute la noce. Que croire ? Pourtant, je me connais bien, j'ai déjà eu ça souvent, des angines d'été, je ne supporte pas la clim. Mais si cette fois c'était L'autre Chose... Je n'arrive plus à faire confiance à mon instinct. Je suis comme un chien qui aurait perdu son odorat. C'est comme aller faire réparer sa bagnole. Un garagiste vous dit qu'il faut changer tout le moteur, et l'autre que c'est juste la batterie. Qui croire quand on fait 120 kilomètres par jour ? Heureusement qu'il n'y a pas de votations cruciales qui se profilent à l'horizon, parce que je crois que pour la première fois de ma vie je m'abstiendrais, de peur d'avoir perdu aussi mon discernement. Suivre ou ne pas suivre les recommandations du Conseil d'État ? Je m'en voudrais de fausser les résultats à cause d'une simple angine d'été... P.S. : Je vous rassure, les soixante invités sont toujours vivants.

« C'est bien connu, les soignants sont tous des psychopathes »

« Il ne faut pas parler des microbes quand ils ne sont pas là, c'est très impoli. »

L'autre jour, j'étais aux urgences pour un truc affligeant mais très douloureux, un bête panaris à l'index. Dans la salle d'attente, j'étais en face d'une dame âgée qui s'était visiblement cassé la figure. Fine comme une savonnette usée, un hématome violet sur la pommette, elle tremblait de tout son corps; complètement désorientée. Une infirmière s'est approchée d'elle pour l'emmener en salle de soins. La vieille dame a levé la tête et l'a fusillée du regard. « Ne m'approchez pas! Montrez-moi d'abord votre certificat de vaccination. » L'infirmière a haussé les sourcils et lui a répondu avec douceur qu'elle n'était pas obligée d'accéder à sa demande. La dame a alors exigé de parler à une instance supérieure. La brave infirmière lui a assuré avec une infinie patience que toutes les précautions nécessaires étaient prises dans cet hôpital, qu'elle pouvait être tranquille. Mais la vieille n'en démordait pas. Bercée par le battement douloureux de mon doigt, j'ai pensé alors à ces « anges de la mort ». Ces infirmières tueuses qui liquident des patients en veux-tu en voilà, soit par compassion excessive, soit parce qu'elles éprouvent un désir irrépressible de contrôler des victimes sans défense, soit encore parce qu'elles souffrent du syndrome de « superman », qui consiste à mettre des vies en danger pour les sauver après. Je regardais la silhouette masquée, accroupie devant la vieille dame, sanglée dans sa tenue de protection, les mains gantées de latex. Dans mon délire infectieux et pulsatoire, j'imaginais l'infirmière retirer méthodiquement ses gants avec un sourire affable et cruel, abaisser lentement son masque, et tousser à quelques centimètres de la peau parcheminée. Et si effectivement elle portait un masque pour se dissimuler le visage, des gants à cause des empreintes digitales, et une blouse de protection pour éviter les preuves ADN... ? Quand je suis sortie de ma rêverie cauchemardesque, la vieille dame avait disparu et l'infirmière se tenait devant moi, souriante. Je l'ai suivie en salle de soins. Tandis qu'elle préparait les instruments destinés à péter l'abcès sur mon doigt, je lui ai demandé où était passée la vieille dame. «Elle avait trop de méfiance, elle est partie. Ça arrive souvent ces temps…» En sortant de l'hôpital avec mon doigt emmailloté, enfin débarrassée de la douleur, je me disais que la vulnérabilité engendre presque toujours le délire et la peur. Comment imaginer un instant que cette brave infirmière, qui a fait le choix un jour de consacrer sa vie à aider les autres, puisse sciemment exposer ses patients au virus? À moins bien sûr qu'elle soit une psychopathe, une tueuse en série. J'imaginais la vieille dame seule, enfermée chez elle, le cœur battant la chamade, résignée à patienter jusqu'au 15 septembre pour aller se faire soigner en France, date à laquelle tous les soignants récalcitrants, ces psychopathes potentiels seront enfin licenciés.

« La 3e fois, c'est la baffe »

« Il arrive parfois qu'un homme survive à l'époque où il avait sa place, jusqu'en un temps qui lui est étranger. »
Somerset Maugham

À l'entrée de la grande Migros, une jeune femme charmante arrête les clients pour leur demander s'ils veulent apprendre à scanner leurs courses avec les petits boîtiers individuels qu'on peut intégrer aux caddies. Je refuse poliment. Au moment de payer, il y a deux caisses ouvertes sur dix, et une file d'attente masquée qui remonte jusqu'aux surgelés. Juste ce qu'il faut pour encourager les clients à scanner leurs courses eux-mêmes, en fait. Enfin c'est presque mon tour. Devant moi, une dame élégante dépose ses achats sur le tapis. Une unique boîte pour chat, du chocolat de ménage « commerce équitable », du papier à lettres et un tube de rouge à lèvres. De là à penser qu'elle vit seule avec son chat et qu'elle se met du rouge à lèvres corail avant d'écrire des lettres d'amour à un producteur de cacao en Zambie, il n'y a qu'un pas. Plus poétique qu'un scanner, non ? Il fait 30°C dehors, un soleil éblouissant. La caissière porte une veste polaire par-dessus sa blouse de travail, à cause de la clim. Elle passe péniblement les packs de 10 litres de thé froid d'une mère de famille harassée pendue au téléphone. « … Ils ont déplacé l'heure de l'entretien, je sais pas comment je vais faire avec les enfants ! » Le bébé attrape un paquet de bonbons. « Je t'ai déjà dit non deux fois Jérémy, la troisième fois c'est la claque ! » J'observe la caissière. Âgée. 63 ans peut-être… La racine de ses cheveux est blanche, ses yeux sont larmoyants. Sous sa polaire, elle porte une ceinture de soutien pour les lombaires, sa délicate main parsemée de taches tremble légèrement. Elle ne tiendra pas jusqu'à 65 ans à ce rythme, c'est sûr. Mais avec un peu de chance elle passera entre les gouttes. Moi pas. Je suis « génération transitoire ». Un jour pas si lointain, je me casserai la main bêtement en appuyant sur le bouton de ma cafetière à cause de l'ostéoporose. La caissière me rend la monnaie. Je soulève mes deux sacs, je sens mon dos ployer sous le poids de la réforme de l'AVS. Je pense au bénéfice faramineux de la Migros pendant la pandémie, à la prime minable que ma caissière a reçue pendant l'effort de guerre. En me dirigeant vers le parking, je repasse devant la jeune fille, et je me dis que grâce à ces petits scanners gris, des milliers de caissières grabataires seront épargnées puisqu'elles n'auront plus d'emploi du tout. « Migros est à vos côtés » mon cul... Dans ma voiture, coincée dans un bouchon apocalyptique, je songe à ces femmes qui s'occupent de la déco au parc Lagrange. À celles qui aspirent les tapis d'Orient foulés par ces vieillards puissants et richissimes qui se congratulent, se sucent les doigts en bouffant des ortolans, et n'ont jamais foutu les pieds dans une Migros. Et il me prend une envie soudaine de gifler quelqu'un. On a déjà dit « Non » deux fois à l'augmentation de l'âge de la retraite pour les femmes, non ? La troisième fois, je vous avertis, c'est la claque.

Pour qui sonne le glas...?

«J'ai tendu des cordes de clocher à clocher; des guirlandes de fenêtre à fenêtre, des chaînes d'or d'étoile à étoile, et je danse...» Arthur Rimbaud

11h59. Une minute de silence dans l'indifférence de la rue. Personne ne s'arrête de marcher, de bavarder, de vaquer à ses occupations. On entend bien, au loin, la cloche de la Roseraie, mais on n'y prête pas attention, c'est midi, ça sonne midi comme tous les autres jours. Deux trams se croisent, la patrouilleuse fait traverser les enfants, un livreur Uber tourne dans la rue Leschot, tandis que sonne la cloche, que ses «cercles de plomb se dissolvent dans l'air». Une minute de silence... Se tenir immobile et s'abstenir de parler sur sollicitation du Conseil fédéral, en mémoire des victimes suisses du covid. Et tout le monde s'en fout. Je ne pense pas que cette femme qui sort de chez Dosenbach avec ses nouvelles chaussures de printemps soit corona-sceptique, ni le libraire, ni ce vieil homme qui pousse la porte d'une pharmacie, et pourtant aucun de ceux-là ne semble concerné par cet hommage aux morts. 11h59 et quarante secondes. Je m'assieds sous un cerisier japonais en boutons pour écouter le son de la cloche qui meurt lentement. Et, tandis que les coups de marteau s'espacent, tandis que le tintement du glas s'effiloche dans le bleu du ciel, je pense à la théorie du coup de pouce : le vaste calme juste avant la douleur. L'instant fugitif entre le moment où tu te tapes le doigt avec un marteau, et le moment où la douleur arrive, fulgurante. J'aime les cloches, protectrices de la communauté, expression du sacré. Encore faut-il qu'il y ait du sacré. Et là, curieusement, il n'y en a pas, pas l'ongle d'un petit doigt… Parce que le Conseil fédéral manque totalement d'empathie. Dans les discours hebdomadaires, les recommandations sanitaires, tout est consensuel, convenu, sans aspérité émotionnelle aucune. Celui qui commandite la minute solennelle de silence, prière laïque, instaurée un an après la Première Guerre mondiale, se doit d'être bouleversé, pas juste investi. Il doit verser une première larme de cristal afin que le peuple puisse pleurer sans retenue. Mais nous ne pleurons plus. L'émotion collective que nous avions tous ressentie lors de la première vague est retombée comme un vieux soufflé, c'est comme si on avait perdu la foi. Et c'est parfaitement légitime: l'émotion est aujourd'hui aussi poussive que l'aide financière est lente à arriver. Mais est-ce qu'un gouvernement peut faire preuve d'empathie sans que son autorité soit remise en question?... Je pense que oui. La première ministre du Danemark a pleuré au moment où il a fallu abattre dix millions de visons. La première ministre Jacinda Ardern a pleuré le jour des attentats en Nouvelle-Zélande, elle a aujourd'hui derrière elle toute sa population. Indifférence polie aux injonctions gouvernementales, il nous faudrait un peu d'amour maintenant. Une reine à aimer, un pauvre prince Harry et une Meghan couronnasceptiques, pour que nos pâles conseillers fédéraux puissent travailler dans l'ombre, sans tambour ni trompette. 14h46. Une minute de silence à Fukushima. Là-bas, les consignes de vie en société sont respectées, le collectif passe avant l'individu. Ils ont un empereur à vénérer. Une cloche de céramique tinte devant chaque maison, actionnée par le vent, un carillon léger et permanent. Le sacré est partout, même dans les cerisiers en fleur. 12h01. Je traverse la rue, j'ai besoin d'amour pour obéir, j'ai besoin d'amour pour pleurer.

Même les truites se fatiguent en remontant le courant...

« Il ne faut pas chercher à comprendre [...] il faut perdre connaissance. » Paul Claudel

Ce matin, je me réveille avec une solide gueule de bois. J'ai fini par céder, par plier, ils m'ont eue à l'usure, j'ai fini par le faire. Absolument contre mon gré, tout mon corps me disait non. Hier, vers 15h, avant d'enfourcher mon vélo, j'ai même fait pile ou face trois fois de suite. Pile j'y vais, face j'y vais pas. Résultat : trois fois face. Et pourtant j'y suis allée quand même. J'ai fait la queue, la rage au ventre, rempli mon petit papier, j'ai passé le petit rideau et je me suis assise. Je l'ai dit à l'infirmière, « je ne VEUX pas le faire ». Elle m'a répondu « moi non plus, mais c'était ça ou je perdais mon travail ». Et puis elle m'a piquée. Un petit sparadrap, et 15 minutes assise à côté d'une minuterie de cuisine pour prévenir le choc anaphylactique. J'avais l'impression d'être un œuf à la coque. Un papier, un code encore, et voilà. Ce matin, bras « Moderna » et gueule de bois. Mais aucune satisfaction, aucun soulagement, aucun sentiment de devoir accompli ou de liberté retrouvée. Juste une grande lassitude et un sentiment de défaite qui m'ébranle jusque dans mes fondations d'être humain. Je me répète en boucle « Ils m'ont eue ». Mais qui ça « ils » ? Le Conseil fédéral ? Les Chinois ? Mes enfants ? Les néo-libéraux ? La CIA ? Les extraterrestres ?... Pourtant, jusqu'à présent j'avais tout fait bien. J'avais obéi sans discuter. Mes enfants ont reçu tous les vaccins quand ils étaient petits. Depuis deux ans, le masque, la distance, les mains, depuis des semaines et des semaines, sans jamais relâcher mon attention. Je pensais tenir comme ça jusqu'à la fin, mais là ils m'ont eue. J'étais une truite dans un torrent, je suis devenue, depuis hier, une truite d'élevage. Ce n'est pas par la peur qu'ils m'ont eue finalement, c'est à l'usure. J'étais fatiguée de nager contre le courant, je n'en pouvais plus. Ils m'ont eue comme ils m'ont eue avant, avec le carnet jaune et l'e-banking. Comme ils ont eu ma bonne vieille clé avec un code d'entrée, ma 2CV avec une Tesla, mon petit magasin avec Amazon et Galaxus, ma machine à écrire avec un MacBook Air, mon dictionnaire avec Wikipédia, ma musique avec une application à télécharger, mon cinéma avec Netflix. J'ai fini par plier. S'ils m'avaient dit : « On ne sait pas quoi faire, aidez-nous, on a besoin de vous pour s'en sortir, on ne sait pas, on tâtonne, essayons ça tous ensemble, faisons-le pour nos enfants, pour nos vieux. » Si on m'avait dit « faisons-le par amour… », j'aurais accepté la vaccination. Sans discuter une seconde. Mais on nous a fait très peur, puis on nous a culpabilisés, puis punis. Comme des enfants de trois ans. J'en ai passé soixante, il me reste à tout casser vingt ans à vivre. Je ne veux pas de ce capital de vie garanti par l'État. Je préfère mourir du covid que de perdre la… perdre la… Comment ça s'appelle déjà cette maladie… Ah voilà… L'Alzheimer… Je préfère mourir du virus plutôt que de l'Alzeihmer, parce que je risquerais d'oublier quelque chose de vital. Quelque chose qui coûterait très cher à l'État. Je risquerais d'oublier de mourir… Maintenant que je l'ai fait, je peux confirmer. Les vrais effets secondaires du vaccin, c'est « épuisement, sentiment de défaite, vague nausée, tristesse, abattement ». Dans un mois, avec mon joli petit QR code sur mon joli petit téléphone chinois, je vais aller prendre une torchée de tous les tonnerres dans un bistrot. J'aurai une bonne et saine gueule de bois, mais celle-là au moins je saurai pourquoi je l'ai.

« Liberté ! Liberté ! »

Un homme qui ne marche pas au rythme des autres dans une foule représente une menace.

L'autre jour, j'ai eu une pensée étrange mais essentielle. J'allais au magasin de cigarettes électroniques pour acheter du tabac liquide dosé à 10 mg de nicotine pendant la pause. Je devais me dépêcher. Quand j'ai surgi dans la rue, impossible de traverser, la route était barrée, même aux piétons. Des camions de chantier étaient occupés à fabriquer un nouveau revêtement anti-bruit sur la chaussée. Un ballet de dameuses, de pelles mécaniques et de goudronneuses, il fallait faire tout le tour. J'ai eu un instant d'abattement total. J'avais 5 minutes de pause, mon test antigénique hebdomadaire était arrivé à échéance une heure plus tôt, il pleuvait des cordes, impossible d'aller même boire un café, j'avais une dizaine de mails en attente sur mon téléphone, je n'avais pas eu le temps de faire des courses pour le souper, ni de faire mes paiements, j'étais en retard sur tout, dépassée, stressée, larguée sur un trottoir hostile. Accablée, je me suis laissé tomber sur un banc métallique et j'ai tenté de me mettre sur pause, le temps de ravaler mes larmes et de reprendre un semblant de contrôle sur ma respiration. À côté de moi, il y avait un trio de sans-abri. Trois hommes qui se roulaient des cigarettes au milieu des canettes de bière vides. Ils regardaient danser les machines de chantier, les yeux vitreux, un sac en plastique sur la tête. Ils regardaient d'autres hommes travailler, en roulant du vrai tabac entre leurs doigts aux ongles noirs. Ils faisaient des commentaires, riaient, crachaient joyeusement, pendant que les ouvriers pelletaient, aplatissaient, dans la vapeur du goudron frais. J'ai fermé les yeux un instant, réchauffée par quelque chose d'indéfinissable. Partout autour de moi des immeubles serrés, des rangées de places de parking, des poteaux de signalisation, des interdictions, des flèches. Autour de ce banc, plus un espace qui ne soit pas attribué, fonctionnel, calibré. Je me suis dit : « Travail, paiements, tests, cigarette électronique, e-mails, masques... Quelle liberté me reste-t-il ? Dans quel interstice puis-je encore me glisser pour souffler ? » Les coudes sur les genoux, je me suis pris la tête entre les mains. À mes pieds, une petite plante laide et anonyme se dressait fièrement dans une fente minuscule entre les pavés. Elle avait poussé là, simplement. Foulée par des milliers de chaussures, de pneus de trottinettes, de caddies de supermarché, de roues de poussettes, elle ployait humblement pour aussitôt relever la tête. Cette chose indéfinissable qui m'avait réchauffé le cœur un instant plus tôt, je savais ce que c'était. La joyeuse humanité de ces trois hommes non rentables et l'obstination ridicule de cette plante. C'était ça ma pensée étrange. L'espace d'un instant, je les avais enviés et j'avais compris quelque chose d'essentiel sur la liberté. Une plante qui veut survivre dans ce monde se doit d'être à la fois laide et non comestible.

Punk gériatrique

«Je voulais parler de la mort, mais la vie a fait irruption, comme d'habitude...»
Virginia Woolf

On sait qu'on est vieux quand on n'arrive plus à dévisser une bouteille d'eau minérale d'un litre et demi. Quand on ne se maquille plus, mais qu'on s'embaume. Quand on ne regarde plus les émissions sur les animaux, parce qu'on sait très bien qu'après les éléphants qui courent dans la savane, on aura droit à un éléphant couché par terre, les défenses arrachées. On sait qu'on est devenu vieux quand on trouve que la musique est trop forte, et qu'on écoute les Gymnopédies, musique de prédilection des vieux et des araignées si elles jouaient du piano. Quand le temps s'est distendu et qu'on se met à confondre les jours... «J'ai déjà pris mes vitamines ou c'était hier...?» Quand on réalise que les choses resteront comme elles sont jusqu'au bout, certes avec quelques petits ajustements récréatifs, mais rien de bien exaltant. Quand on ressemble à une piscine abandonnée couverte de feuilles mortes, et qu'on devient l'agent d'entretien de son propre corps. Quand on peut lire toute sa vie rien qu'en ouvrant l'armoire à pharmacie. On est vieux quand on lit dans les yeux des enfants qu'on est devenu aussi ennuyeux qu'un solo de xylophone. « Est-ce que tu vis dans la naphtaline entourée d'animaux empaillés ? » Non petit con, mais malheureusement j'ai survécu à une époque où j'avais ma place, jusqu'à ce temps d'aujourd'hui qui m'est devenu totalement étranger. Et c'est pour ça qu'il y a des objets qu'il vaut mieux ne pas mettre entre les mains des vieux. À partir d'un certain âge, il ne faudrait pas changer de voiture par exemple. « Prenez une automatique, vous verrez, c'est plus confortable à votre âge. » Et dans la panique, appuyer sur l'accélérateur au lieu du frein et écraser un cycliste enthousiaste. De même, les réseaux sociaux devraient être interdits aux vieux. C'est une arme automatique. Une arme de guerre qui demande une grande maîtrise. À la fois sniper, mitrailleuse et arme chimique, elle peut tuer, décimer, empoisonner. Entre les tutos, les chatons et les flashmob, toutes ces petites gâteries qui consolent les vieux se dissimulent de jeunes tireurs d'élite très bien entraînés, des banderilles plantées dans les biceps, prêts à abattre n'importe quel vieux sans sommation. Moi j'en étais restée à la bonne vieille malveillance… Écarter les lamelles du store pour regarder le type qui vient de se faire coller en bas, parce qu'il est mal garé alors que je paye une place de parking à 230.– par mois. La bonne vieille «Schadenfreude», cette joie malsaine qui se réjouit du malheur des non-vaccinés. Un truc de vieux, quoi. Mais là, cette arme de guerre contemporaine, je ne la maîtrise pas. D'autant plus que les tueurs vont immédiatement se retrancher derrière les chatons. On sait qu'on est vieux quand on se retire plutôt que d'affronter, parce que même épargné par le Parkinson, on aurait peur d'appuyer sur le mauvais et irréversible bouton. On est vieux quand on réalise que c'est bientôt fini en fait, et qu'on n'a vraiment plus de temps à perdre avec ces conneries. Ce n'est pas une question d'âge finalement, c'est une question de responsabilité.

Le murmure des étourneaux

Le syrinx est le second larynx des oiseaux. Ainsi, ils peuvent chanter deux notes à la fois.

Une fois de plus, je me suis retrouvée seule devant mon assiette de spaghettis froids, rageant parce que mon fils ne descendait pas manger à 19h pile. Mais cette fois ça a pété, je lui ai foutu son assiette à la gueule. Il m'a hurlé : « Je ne peux pas arrêter une partie en plein milieu pour venir bêtement manger, y a pas que moi dans ce jeu, on est une équipe, et là on est en train de devenir le groupe le plus puissant du serveur ! » En essuyant la bolognaise sur le carrelage, je lui ai expliqué que je n'étais pas à son service, et que tout ça, son jeu, ses parties, c'était virtuel et que ça n'avait aucun poids face à la vie réelle. Que j'étais désolée, mais que ces jeux vidéo me semblaient stériles, abrutissants, qu'il fuyait la réalité, que je m'inquiétais pour ses études. Et puis, plus tard, à froid, je lui ai redemandé patiemment pourquoi c'était si important pour lui. Je lui ai demandé de m'expliquer le jeu. Il m'a dit qu'au début d'une partie, on arrivait seul, nu, avec un caillou et une torche sur une île déserte. Qu'il fallait créer un monde dans cette île, trouver un cheval, des alliés, des armes, de la nourriture, attaquer d'autres groupes, se défendre, bref, s'adapter. Il est remonté tuer des ennemis, et moi je suis sortie promener le chien. Dans le ciel crépusculaire tournoyait une nuée d'étourneaux. Un murmure d'oiseaux presque liquide. Ils ont fondu en commando sur un platane et ont commencé leur babil de dortoir assourdissant. Les étourneaux citadins sont capables d'imiter toutes sortes de bruits, un claquement de portière, un téléphone portable, une perceuse, un Airbus... Ceux qui vivent près des marais imitent la grenouille, le martin-pêcheur. L'étourneau est un oiseau très malin, un battant, rapide, hyperactif, qui a une capacité d'adaptation hors du commun. Je les écoutais jacasser en réseau connecté au-dessus de ma tête, et je pensais à ce qui se prépare pour les jeunes gens qui ont à peine vingt ans aujourd'hui. Les inondations, les incendies, la reconnaissance faciale dans le métro de Moscou, les pandémies, la future pénurie d'électricité, les trains à l'arrêt, le manque de matières premières. Déjà, les gens cherchent à acheter des chalets isolés dans la montagne pour tout recommencer avec un cheval, une torche et un caillou. J'ai pensé à Beyrouth, le paradis sur terre il y a seulement trente ans. Beyrouth aujourd'hui dévastée, corrompue, qui n'a droit qu'à trois heures d'électricité par jour, où les habitants s'entre-tuent pour un paquet de Pampers. J'ai pensé à la migration des oiseaux, à la migration des humains. Et si mon fils avait raison avec son jeu ?... Avoir un cursus universitaire, à quoi bon dans le monde qui vient. Autant apprendre à faire du feu pour quand il n'y aura plus de gaz, stocker des vivres, amasser d'autres torches, d'autres cailloux. Il paraît que les jeux vidéo augmentent la concentration, l'agilité attentionnelle, qu'ils permettent à celui qui joue d'assimiler très rapidement tous les détails d'une scène visuelle et de réagir instantanément aux attaques. À la nuit tombée, les étourneaux se sont tus. Je suis rentrée réchauffer mes spaghettis, je me sentais mieux. Je suis montée lui souhaiter une bonne nuit. Il avait son casque de gaming sur la tête, il ne m'a pas entendue. Mais je ne l'ai pas dérangé, il travaillait à son avenir.

Un arrière-goût très amer

« Les enfants donnent un début de sens à nos vies, mais les petits-enfants le confirment. Avec eux, vient un sentiment d'accomplissement. » Henning Mankell, *L'homme inquiet*

Mon petit-fils de deux ans a attrapé une otite. Ma fille me l'a amené : « Impossible de lui faire avaler le sirop d'antibiotiques, il recrache tout. » Ensemble, on a essayé plusieurs méthodes : dans la nourriture, dans le lait, on a même essayé pendant la sieste de lui glisser le biberon entre les lèvres en comptant sur le réflexe de déglutition, mais le sirop ruisselait sur son petit menton. Même endormi, il ne voulait pas de ce truc. J'ai fait appel à mes vieux souvenirs de maman, et je suis allée chercher une grosse seringue en plastique à la pharmacie. Là, au compte-gouttes, on a réussi à lui injecter dans la bouche les 3 ml prescrits pendant qu'il dormait paisiblement dans la poussette. Quand il s'est réveillé, une demi-heure plus tard, il nous a tout recraché à la figure. Il avait gardé le sirop dans la bouche pendant son sommeil, comme un cochon d'Inde… On a alors essayé de lui expliquer : « C'est pour ton bien, tu n'auras plus bobo aux oreilles, allez, sois raisonnable, avale ce truc… » Puis ma fille s'est énervée. « Tu vas avaler ce truc, tu vas obéir à maman, ça suffit maintenant ! » Sans résultat. Alors on a développé une autre stratégie, qui en général fait ses preuves : le marchandage. Procédé à ne pas confondre avec le chantage. Le chantage, ç'aurait été de lui dire : « Si tu ne bois pas ton médicament, maman sera triste. » Méthode ô combien culpabilisante, qui peut faire des dégâts psychologiques irréversibles à long terme. Le marchandage, c'est beaucoup plus sain : tu bois ce truc maintenant, et en échange tu obtiens le Kinder Surprise qui est posé là. Mais dans ce cas précis, ça a été l'échec sur toute la ligne. Alors, pendant qu'il jouait au salon avec le mini-mégaphone à piles, on a habilement transvasé les 3 ml de sirop antibiotique dans une petite bouteille de jus d'ananas, en perçant le couvercle d'aluminium plastifié avec l'aiguille de la seringue hypodermique, le jus d'ananas étant pour lui le nectar absolu. Quand il s'est mis à table pour goûter, il a réclamé son jus d'ananas, mais ma fille et moi, on a fait la fine bouche. « Non, tu en as déjà eu un ce matin, celui-là, il n'est pas pour toi de toute façon, il est pour ta sœur… » jusqu'à ce qu'il se mette à hurler pour obtenir ce jus d'ananas. Alors, grands seigneurs, on lui a tendu la petite bouteille apparemment fermée et intacte… Il s'est jeté dessus et l'a empoignée à deux mains. On l'a laissé mariner un moment tandis qu'il essayait d'ôter tout seul l'opercule à l'aide de ses petits doigts potelés, et puis on a ouvert la bouteille. Il a tout bu. D'un seul coup. Quand ils sont partis vers 17h, je me suis installée à la table de la cuisine pour remplir mon bulletin de vote par correspondance. J'ai lu attentivement les tenants et les aboutissants de la loi Covid. On nous demande de voter « Oui ». Oui à la pérennité des aides financières octroyées par la Confédération, et là, excusez-moi, mais on ne peut tout simplement pas être contre, mais oui également au pass covid, liberticide, anti-démocratique. On ne peut pas voter oui pour l'un et non pour l'autre. Ils ont fait exactement comme ma fille et moi. Ils ont dilué l'amer pass covid dans le jus d'ananas des aides financières. Légèrement agacée, j'allais apposer ma croix d'électrice sur la carte de vote quand mon téléphone a sonné. C'était ma fille. Elle m'appelait pour me dire qu'il avait vomi tout son jus d'ananas en jet dans la voiture. Ça m'a rassurée sur le libre arbitre des générations à venir.

Le Metavers de Mr Montagne de sucre

«Quel est donc ce royaume que tant de héros de contes finissent par posséder...? Il ne sert à rien d'être roi ou reine de ce royaume, sauf qu'on y commande au lieu d'être commandé.» Bruno Bettelheim, *La psychanalyse des contes de fée*

«Je suis né en 2027. Quand les gens ont arrêté de résoudre leurs problèmes et ont décidé de vivre avec. Aujourd'hui la vie est nulle, tout le monde cherche un moyen de s'évader. Ce monde existe, il s'appelle "l'Oasis". C'est un refuge. Un endroit où la seule réalité, c'est la limite de notre imagination.» Il s'agit de la première réplique du film de Spielberg tiré du roman d'Ernest Cline *Player one*, publié en 2011. Et c'est exactement ce que nous propose aujourd'hui Mark Zuckerberg (en français Marc Montagne de sucre), avec son nouvel univers «Metavers»: la réalité virtuelle. Imaginez par exemple que je sois vieille, moche, amère et seule, eh bien je pourrai bientôt, grâce à mes lunettes de réalité virtuelle, devenir jeune, belle et pleine d'espoir, sans quitter mon vieux canapé plein de poils de chat. La consolation que je pouvais déjà obtenir en m'identifiant à Jane Eyre, quand elle rencontre le ténébreux Rochester à Thornfield Hall, je pourrai l'éprouver d'un clic, sans tourner les pages d'un livre fastidieux de 700 pages. Jusqu'à présent, avec la réalité augmentée, je pouvais mettre des oreilles de lapin ou un groin de cochon à Jane Eyre, mais très prochainement, je pourrai « être » Jane Eyre. Je pourrai décider demain que Jane Eyre sera mon avatar. Jeune, belle, sauvage, innocente… Je pourrai lui créer plusieurs amants, et avec mon dispositif haptique, je pourrai confectionner une tourte aux rognons, donner un bal, inviter ces dames pour le thé à Downton Abbey. Et si je n'ai plus de thé, en commander à la compagnie des Indes grâce aux achats en immersion proposés par Metavers. Je pourrai acheter du vrai thé pour moi et du faux thé pour Jane, mon avatar, dans le monde de Mr Montagne de sucre. Et hormis pour manger, pisser ou dormir, je ne quitterai plus mon canapé, immergée dans la vie dont j'ai toujours rêvé, au 19e siècle dans le cœur de l'Angleterre. C'est ça que propose le Metavers. La fuite d'un réel non gratifiant vers un imaginaire qui apaise. Mais peut-être que c'est l'ultime solution pour survivre à ce monde chaotique, la fuite. Quand un voilier ne peut plus lutter contre le vent et la mer pour poursuivre sa route, la fuite loin des côtes reste souvent la seule façon de sauver le bateau et son équipage. En attendant, lunettes ou pas lunettes, ne perdons pas de vue que Mr Montagne de sucre ne fait pas ça par compassion pour l'humanité, mais pour les milliards que ce double marché, produits virtuels et produits réels, va lui rapporter à lui et à ses petits copains Ali Baba, Microsoft… Parce que si jusqu'à maintenant Facebook se contentait de la publicité, « Meta », c'est un immense marché de commerce en immersion. Et quand on ne pourra vraiment plus bouger à cause des pandémies et des catastrophes climatiques, on pourra toujours aller s'immerger dans le Metavers pour se rendre dans une salle de concert ou aller faire du surf à Hawaï, sans avions, sans pass sanitaire. Et ça, la liberté virtuelle, c'est très fort. Encore plus fort que Big Pharma.

L'alphabet grec

« Portez ce vieux whisky au juge blond qui fume. » Phrase utilisant toutes les lettres de l'alphabet, qui servait d'exercice à l'apprentissage de la dactylographie

Si je nomme cette table que vous n'aviez pas vue, je la fais exister pour vous. Et là, maintenant, elle fait partie de votre univers... C'est en gros ce que dit Sartre quand il parle de la responsabilité de l'écrivain. S'ils avaient suivi scrupuleusement l'alphabet grec, normalement le nouveau variant aurait dû s'appeler « Nu » ou « Xi ». Mais « Nu » étant trop proche du « new » anglais, et « Xi » étant le prénom, par exemple, de Xi Jinping, l'OMS a choisi de l'appeler « Omicron », pour éviter, j'imagine, un incident diplomatique supplémentaire avec la Chine. J'en déduis qu'il y a sûrement à l'OMS une commission grassement payée pour donner des noms politiquement corrects à tous les maux de la terre, afin d'éviter de fâcher, de stigmatiser des groupes culturels, nationaux ou ethniques… Mais alors que penser de «Spike» et de tous les gens qui s'appellent «Spike» dans le monde, quand on sait que «Spike» est le prénom donné à la protéine hyperagressive qui permet au coronavirus de s'implanter dans le corps humain? En Afrique post-coloniale on donnait aux enfants le nom du saint fêté le jour de leur naissance. Si on naît le jour de la saint Agnès, ça va, mais j'ai connu un type qui s'appelait «Fetnat» parce qu'il était né le jour de la fête nationale, ça c'est plus difficile à porter au quotidien, évidemment. Robinson Crusoé a nommé son compagnon indigène «Vendredi» parce qu'il l'avait rencontré un vendredi. Ça on ne pourrait plus le faire aujourd'hui avec le «Black Friday». Pareil pour les typhons, qui défilent les uns après les autres, stigmatisant d'innocents prénoms, qui deviennent l'espace de 24 heures symboles de destruction totale. Irma, Irène, Matthew… Et puis il y a ceux qui s'appellent Jésus ou Noël, pour ceux-là c'est dur aussi, le reste de l'année. Surtout qu'on ne peut plus dire Noël maintenant, parce que c'est clivant pour les autres religions. Et puis il y a ceux qui portent le poids de leurs prédécesseurs célèbres, les petits Wolfgang, les petits César, les petits

Diego, et bientôt les petites Greta… Je pense qu'à l'avenir, il faudrait mieux réfléchir aux conséquences du choix d'un prénom. Un numéro c'est mieux. Et puis avec un numéro le choix est infini, on peut s'appeler quatre, mais aussi huit cent mille zéro quatre-vingt-deux. Et si c'est trop long, on peut toujours dire : « Eh toi là-bas ! » Je suis passionnée par la mythologie grecque, et comme vous le savez, certains mots de la langue française sont directement issus de la mythologie. « Pactole », par exemple, vient du pouvoir qu'avait donné Dionysos à Midas (pas le pot d'échappement mais le roi), de transformer en or tout ce qu'il toucherait. Rentrant chez lui, ce crétin de Midas affamé avait saisi une cuisse de poulet immédiatement transformée en or massif, puis il avait voulu embrasser sa fille instantanément changée en statue d'or. C'est en se baignant dans le fleuve Pactole qu'il avait été enfin libéré de cette malédiction, d'où l'expression « toucher le pactole ». Et il y en a des dizaines comme ça. Eh bien, en temps qu'helléniste amateure, je pourrais prendre ombrage du fait qu'on nomme ces variants successifs du covid avec les lettres de l'alphabet grec. Je pourrais trouver insupportable qu'on dénature ainsi la culture grecque antique. Je pense d'ailleurs que je vais envoyer un courrier à l'OMS. J'ai même songé à une nouvelle appellation générique. Pour les variants qui ont déjà sévi, je propose Adolphe, Benito ou Franco. Et pour ceux qui sont à venir, Jair, Viktor, Vladimir, Marine ou encore Zemmour… Et je crois qu'avec ce qui se profile à l'horizon, il y aura de quoi nommer encore une bonne dizaine de variants pour les années qui viennent. À moins bien sûr qu'ils aillent tous faire trempette dans le fleuve Pactole. Quant à moi, je m'appelle Claude. Un prénom unisexe. Heureusement que mes parents m'ont collé un deuxième prénom féminin, « Inga », sinon, après soixante ans, j'aurais pu avoir des doutes rétrospectifs sur mon identité sexuelle…

Joyeux Solstice !

« Noël au scanner, Pâques au cimetière. »
Pierre Desproges

La nuit qui a suivi mes derniers achats de Noël, j'ai fait un rêve très étrange… Je défroissais la liste de souhaits de ma petite-fille, adressée comme chaque année à « Père Noël Pôle-Nord », et à la place des mots habituels, « Cher Père Noël, j'ai été bien sage cette année donc si tu pouvais m'apporter… », il y avait écrit ceci : « Cher Père Noël, je voudrais un set de maquillage Mattel, une poupée Lol, mais aussi une pelle mécanique avec télécommande. En effet, cette année, je ne sais pas quoi choisir, parce que je ne me sens plus très sûre de mon identité sexuelle. P.S. : Mais ce que je veux surtout, c'est le nouvel iPhone 13 1024 GB Pro couleur graphite. Si tu ne me l'apportes pas, je me verrai obligée de me faire opérer dans les plus brefs délais et de changer de prénom. Signé Charlotte, huit ans». Je connaissais le gag corse du petit garçon qui bâillonne une sainte vierge en plâtre avec du scotch carrossier pour obtenir son cadeau: «Cher Petit Jésus, je détiens ta mère en otage, donc si tu veux la revoir vivante, etc.», mais là… Je pense que ce rêve révèle chez moi l'angoisse anticipatrice des festivités de cette année qui, on ne va pas se mentir, s'annoncent plus que mitigées. En effet, si on considère les restrictions liées à la situation sanitaire et qu'on y ajoute les recommandations éco-responsables, ça commence à faire beaucoup d'empêchements. Déjà, il va falloir trier les invités. Comme aux soins intensifs. Les invités non essentiels devront être remis à plus tard. Il va falloir ériger un mur dans son salon, comme entre la Pologne et la Biélorussie, pour dissuader les non-vaccinés d'entrer dans la cuisine et de se servir avec les doigts. Bon ça, à la rigueur, ça peut être ludique si on le fait construire en kaplas par les enfants dans l'après-midi du 24. Ensuite, pas de sapin à cause de la déforestation, pas d'emballages non plus à cause de la pénurie alarmante de papier. Pas de cadeaux qui ne soient pas issus du commerce équitable de proximité, pas de foie gras non plus. Quoique là, j'ai une réponse toute faite si jamais: «Bien sûr que je suis solidaire avec les oies, la preuve, à Noël je mange mon foie gras avec un entonnoir.» Les chants et poésies de Noël, pardon… pas de «Noël», c'est clivant vis-à-vis des autres religions… Les chants de solstice d'hiver, seront bien entendu sélectionnés à l'avance par un comité. Je pense par exemple au chant traditionnel «Entre le bœuf et l'âne gris», qui porte atteinte à l'intégrité du genre animal car il exclut les ongulés de couleurs différentes. Il sera banni du répertoire, ainsi que «Vive le vent», qui est une atteinte odieuse aux victimes de la tornade récente dans le Kentucky. «Petit papa Noël» on n'en parle même pas. Après deux somnifères et un whisky bien tassé, je me suis cachée sous mon duvet en fibre de bambou fabriqué à Schaffhouse, et j'ai rédigé mentalement ma réponse de père Noël à la lettre fictive de ma petite fille: «Chère Charlotte, étant moi-même obligé de porter cette robe rouge ridicule et une fausse barbe depuis tant d'années, je comprends très bien ta souffrance. D'ailleurs, je vais me faire opérer prochainement, car je me sens beaucoup plus "lapin de Pâques" que père Noël. De toute façon, je ne peux pas t'apporter l'iPhone 13 Pro 1024GB, tout simplement parce que je n'existe pas. En effet, je ne suis qu'un archétype du vieux mâle blanc hétéro cisgenre, généré par le capitalisme et le patriarcat. » Quand je me suis réveillée, j'étais convaincue que ce cauchemar était réel, donc je suis allée chercher fébrilement l'authentique lettre au père Noël dans la poche de mon manteau : « Cher père Noël, cette année j'ai bien mis mon masque à l'école, et comme cadeaux je voudrais l'hôpital pour enfants Playmobil et aussi l'ambulance Lego City et aussi la valise de docteur Peppa Pig avec la grosse piqûre, et le livre de Max et Lili, "Max et Lili veulent sauver tout le monde." » Ouf, rien de méchant… Une banale lettre au père Noël écrite par un enfant en décembre 2021… Il me manquait encore deux ou trois choses de la liste, mais là, j'avoue que j'ai pris quelques libertés. À la place de la valise de docteur, je lui ai acheté un jeu de fléchettes, et à la place du Max et Lili, le nouveau livre d'Alexandre Jollien, *Cahiers d'insouciance – se frayer un chemin vers la joie*. Sur le moment elle éprouvera peut-être une légère déception, mais à long terme, elle comprendra que le père Noël a agi pour son bien.

Le train du réveillon

«Si vous divisez la mort par la vie, vous obtenez un cercle.» Colum McCann, *Apeirogon*

À partir d'un certain âge, on pique du nez à 23h01, on s'arrête au troisième verre parce qu'on a une hernie hiatale et qu'on sait qu'on le payera le lendemain. Alors, pour ceux qui, comme moi, laissent danser les jeunes à cause de cette petite douleur sournoise au genou et attendent poliment minuit dix pour quitter la table. Pour ceux qui se disent, en regardant discrètement leur montre «C'est interminable, il reste encore deux heures à tirer avant minuit...» Pour tous ceux qui n'ont même pas le prétexte de garder leurs petits-enfants pour que les jeunes parents puissent sortir faire la fête, puisque fête il n'y aura pas cette année. Pour tous ceux qui commencent à mélanger les journées, les mois, les années, à confondre les fêtes, ceux qui n'ont plus de grands projets mais espèrent des petites joies tout de même. Ceux qui savent pertinemment que le 1er janvier au matin rien, mais alors rien du tout n'aura changé, bref ceux qui n'ont jamais vécu un réveillon correct, pour tous ceux-là, j'ai une solution. Une solution peu onéreuse, surtout si vous avez un demi-tarif. Pour éprouver réellement le changement d'année, pas besoin de se soumettre à l'ivresse, ni aux vaines mondanités. Il suffit de monter dans un train. N'importe quel train qui va vite. Un train qui quitte la gare le 31 décembre vers 23h30, un bête direct Genève-Lausanne, par exemple. De monter dans un train, de s'asseoir et de regarder par la fenêtre. Préparez-vous alors à vivre un instant vertigineux, dans la nuit intemporelle. Je l'ai fait, et je vous assure que c'est plus efficace et moins dommageable que n'importe quel alcool à 45°. Vous êtes prêt ?... À un moment donné, forcément, votre train rapide croisera un train rapide qui va dans l'autre sens. Leurs deux masses métalliques en mouvement vont se frôler sous vos yeux dans un grand fracas, leurs vitesses respectives doublées par les lois de la physique. À ce moment précis, quand vous verrez les vagues silhouettes éclairées, comme vous, mais se dirigeant dans l'autre sens, imaginez alors simplement que leur train retourne vers le passé tandis que le vôtre fonce dans l'avenir. Je vous garantis une sorte d'orgasme métaphysique inoubliable. Bon, c'était mieux avant, quand on pouvait ouvrir la fenêtre et fumer dans les trains, mais vous verrez, dans ce monde où la liberté individuelle est au citoyen ce que le Rivella est au champagne, c'est une petite échappatoire, une petite désobéissance tout à fait jubilatoire.

Le pigeon funambule

« Pour elle c'était terminé. Le drap était bien tendu et le lit étroit. Elle était montée seule dans la tour, laissant les autres cueillir des mûres au soleil. » Virginia Woolf

Je sais exactement quand je commence à atteindre ma limite. Je suis sur le quai de la gare, trop en avance bien sûr, et j'attends quelqu'un qui doit prendre le train avec moi. Quelqu'un de raisonnable qui sera là à l'heure dite, pas trente minutes avant, comme moi. J'ai atteint ma limite quand mon angoisse anticipatoire a dilaté le temps réel et l'a transformé en temps imaginaire. En général, dans ces périodes-là, j'ai un acouphène permanent dans l'oreille gauche et je grince des dents. Aujourd'hui, les pigeons et les trains se succèdent, la portion de ciel que j'entrevois entre les quais couverts est uniformément grise et froide. Un Intercity, un de ceux que j'aurais pu prendre si l'autre personne avait été synchronisée avec mon horaire imaginaire, s'apprête à partir. L'implacable aiguille rouge de la mondaine égrène les secondes… Le contrôleur a déjà un pied sur le marchepied, d'une main il se tient à la portière, de l'autre il porte lentement son sifflet à sa bouche… Encore 12 secondes. Je ne veux plus regarder, plus écouter cette cavalcade dans l'escalier qui mène au quai. Le galop de ces gens totalement inconscients qui courent comme un troupeau de buffles pour attraper le train à la dernière minute, c'est un suspense insoutenable pour moi. Je pense aux films d'horreur, à la séquence interminable où la victime traverse la maison hantée sans savoir que le mal absolu l'attend derrière la porte de la salle de bains. En général, il suffit de couper le son de la TV pour que la scène perde 50 % de son anxiogénéité. Mais là, dans l'immédiat, je n'ai pas de télécommande sous la main. Quand je suis dans cet état, je déteste les courses contre la montre dans les films, les procès, les bagarres où tout est jeté par terre, où l'ordre des objets est perturbé, piétiné. Je déteste Tom & Jerry par exemple. Encore 5 secondes… J'essaye d'étouffer mon angoisse, comme on essaye d'étouffer un départ de feu. Assise sur mon banc métallique, au milieu des pigeons placides qui boitillent sur leurs pattes en moignons, je ferme les yeux et me bouche les oreilles. Mes dents crissent et le larsen dans ma tête s'amplifie. À travers mes doigts rougis par le froid je perçois le sifflement strident du chef de train et le fracas des portes automatiques qui se ferment. Quand mes yeux se rouvrent, j'aperçois encore la silhouette égarée d'une femme qui court, ralentit, puis renonce. Elle a perdu, voilà, mais au moins elle est saine et sauve. J'ai lu quelque part qu'un humain qui ne marche pas au rythme des autres dans une foule représente une menace. Ça se vérifie une fois de plus… Il me reste encore 15 minutes à attendre, seule, assise au milieu des courants d'air. Le pigeon le plus abîmé boitille juste devant mes pieds, indifférent au stress. J'observe ses pattes. La droite est rose et intacte, la gauche n'est plus qu'un moignon écailleux. Je pense à José Ruiz y Blasco, le père de Pablo Picasso, un colombophile averti qui a passé sa vie à peindre des pigeons à Barcelone et à Malaga. C'est son fils qui a obtenu la consécration avec sa célèbre Colombe de la paix, le père, lui, a vivoté laborieusement de sa peinture aviaire toute sa vie. Parfois, on n'est qu'un pont entre deux rives. L'autre pigeon s'envole dans un chuintement d'ailes et va se poser sur un gros câble noir et graisseux.

Je pense aux funambules. Dans un spectacle de funambulisme, une partie de l'attention des spectateurs tient au seul désir qu'ils ont de voir tomber le funambule. Je n'ai pas à avoir peur, même si le pigeon titube sur le câble de soutien. Il ne tombera pas, contrairement au funambule. Il peut s'envoler, lui. Je pense aux pigeons voyageurs qui étaient utilisés dans l'armée pour transmettre des messages importants concernant l'ennemi. Je réfléchis : comment faisaient-ils ? Je pense que le pigeon voyageur n'est pas voyageur du tout. C'est un simple pigeon grégaire qu'on sort du pigeonnier « A » pour le placer dans le pigeonnier « B ». On lui attache un message à la patte et on le relâche. Le pigeon voyageur ne voyage pas en fait, il ne fait que rentrer chez lui bêtement dans le pigeonnier « A » depuis le pigeonnier « B ». Il peut arriver, j'imagine, que le pigeon séjourne trop longtemps dans le pigeonnier « B » et qu'il oublie l'existence même du pigeonnier « A ». Alors on lui ouvre la cage et il reste sur place, indifférent. Je passe lentement mes doigts dans les trous métalliques du banc sous moi. Le temps a passé, mon ami devrait arriver. Le temps d'une cigarette, la dernière avant le long trajet. Je l'allume… Un homme d'une vingtaine d'années, au visage rasé de frais, prend place à côté de moi sur le banc. Je pense qu'il est français, soldat, ou alors apprenti à l'école hôtelière. Il porte sur lui cette mobilité légèrement sournoise qui caractérise ceux qui sont au service des autres mais par intérêt personnel. Il sort un long sandwich de son sac de voyage et mord dedans en consultant son portable de l'autre main. Le pigeon funambule abandonne son câble et vient se poser au pied du banc. Un coup d'épaule à l'autre pigeon, le cul-de-jatte, pour être en première ligne. Les miettes du sandwich XXL tombent, il picore inlassablement. L'autre lui tourne autour, en périphérie des miettes. Soudain j'aperçois mon ami en haut de l'escalier qui mène au quai. Il me fait un signe de la main. Je consulte la mondaine, il est exactement l'heure de notre rendez-vous. D'ailleurs le train entre en gare. Soulagée, je me lève et tire une dernière bouffée sur ma cigarette. Pas de poubelle à proximité, alors je jette machinalement le mégot en direction des rails, juste au moment où la locomotive commence à freiner dans un crissement insupportable. Le pigeon au moignon s'envole en direction des rails. Il est instantanément percuté par la locomotive. Un petit choc sourd et un amas de plumes qui tombe sur le quai. Il a pris mon mégot pour une miette de pain. Je viens de tuer un oiseau.

Un oiseau en situation de handicap, en plus. «Fumer tue» c'est donc vrai. Homicide involontaire. Le danger n'est pas toujours là où on l'attend. Si j'avais été à l'heure, je ne me serais pas assise sur le banc et je n'aurais pas fumé. Si je n'avais pas fumé, cette créature de Dieu diminuée serait encore en vie à l'heure qu'il est. La prochaine fois que j'atteins ma limite, c'est promis, je bouffe un Xanax. Je crois que je préfère être le pigeon de la Pharma plutôt que de tuer un pigeon innocent.

Cérémonies

« Nous sommes comme une petite flûte de terre cuite. Un air à jouer, une note à tenir. Après quoi, le silence. » Christian Bobin

Il y a un charmant tea-room au coin de la rue, à côté d'un tabac-journaux ouvert 24h/24h tenu par des Sri-Lankais, en face de la bibliothèque municipale. Le serveur y est assez jeune, maladroit mais attentionné. Chaque fois que j'y vais en sortant de la bibliothèque, je commande un jus de gingembre. Je n'aime pas particulièrement ça, mais il me tient longtemps. Aujourd'hui une petite dame est entrée juste après moi, une petite personne quelconque, une de ces femmes au lit étroit et aux draps bien tirés dont on dirait sans doute qu'elle a été enseignante pendant quarante ans. Elle est entrée furtivement, comme une souris grise, aucun des clients présents n'a levé les yeux quand la clochette de la porte a tinté. En général, les enseignantes mettent les hommes mal à l'aise. Ils ont l'impression qu'elles sont nées vieilles, qu'elles ont toujours été vieilles, et qu'elles savent des choses qu'ils ignorent, c'est pour ça. Elle s'est assise près de la vitre et a commandé un décaféiné avec lait froid et deux sucres. Puis, cérémonieusement, elle a sorti de son sac à main un ticket de loterie à gratter. Un « Célébrations ». Un billet à 30 francs, avec quinze gains possibles et un gros lot à 1 million. Elle le serrait dans sa main comme si c'était une lettre d'amour. Pour ces femmes-là, ces femmes entre deux âges, se laver les cheveux, préparer une verveine, tout prend un temps insensé, tout est cérémonie. De l'autre main, elle a extrait une pièce de son porte-monnaie, et, le visage baissé, elle s'est mise à gratter la surface du billet pour faire apparaître d'éventuels numéros gagnants. Quand le serveur a apporté sa commande, elle a levé vers lui un visage effrayé. Elle s'est empressée de dissimuler le ticket sous son avant-bras. Elle a déchiré un sachet de sucre, puis un deuxième, et les a versés en pluie dans son café. Je devinais au léger tremblement de ses mains qu'elle s'efforçait de contenir son impatience. Elle a porté la tasse à ses lèvres et avalé distraitement une gorgée, puis elle a fait glisser le ticket devant elle, tout en jetant un regard éperdu aux autres tables, comme si toute l'attention de la salle était concentrée sur son seul geste. J'ai compris tout à coup qu'elle avait honte. Honte de dépenser l'argent de sa misérable retraite pour de pareilles vétilles. Honte de ce petit plaisir coupable, alors que le plus gros iceberg de l'Arctique menaçait de se fendre en deux et que l'Ukraine comptait ses morts. Elle grattait la grille avec frénésie, et, depuis ma table, je spéculais sur ce qu'elle allait faire de l'argent si à tout hasard elle gagnait. S'assurer un complément de retraite confortable ? Partager avec des amies dans le besoin ? Voyager en car en Inde, visiter les Lofoten ? Ou tout donner à l'Ukraine et à la planète… Juste avant de gratter les ultimes numéros, elle a repris son souffle, terminé son café et s'est essuyé les lèvres en regardant le coin de ciel à travers la vitre. Ses yeux étaient délavés et gris, et il y avait tant d'espoir dans son regard, une telle tension dans sa nuque, qu'on aurait dit qu'elle priait silencieusement une instance supérieure de l'emmener au loin, dans les airs, sur une planète moins hostile. Puis elle s'est remise à gratter les derniers numéros. Soudain elle s'est arrêtée net et a ramassé consciencieusement, du tranchant de la main, les petits déchets de papier plastifié. Elle a ouvert un mouchoir et évacué les résidus dedans. Puis elle a plié son mouchoir comme pour faire un baluchon, repoussé sa tasse, et d'un seul coup elle s'est affaissée sur elle-même. Au point que j'ai imaginé un instant qu'elle avait un malaise. La cuillère est tombée sur le sol en tintant contre la sous-tasse. Elle s'est levée avec une dignité composée d'alcoolique et a titubé en direction des toilettes. Elle avait le visage extatique. Il me fallait rentrer chez moi, mais j'avais très envie de savoir si elle avait gagné, et si oui, combien. J'ai quitté ma table, l'air de rien, et tout en enfilant mon manteau, mon sac en bandoulière, je me suis approchée pour ramasser la cuillère. Le ticket gisait sur la table, intact. Aucun des numéros n'avaient été grattés. Dos à la salle, j'ai rapidement déplié le mouchoir, il était immaculé. Elle n'avait pas gratté le « Célébrations », elle avait juste fait semblant. Mais pourquoi ?... Je suis sortie dans la rue et j'ai attendu en fumant une cigarette. Quelques minutes plus tard, à travers la vitre, je l'ai vue revenir à la table, les joues roses, les yeux agrandis par une sorte de soulagement. Elle a payé son café au lait, ramassé ses affaires, puis elle est ressortie à l'air libre. Devant le tea-room, il y a une poubelle publique. Elle a consciencieusement déchiré le ticket vierge et l'y a jeté. Puis elle est entrée chez les Sri-Lankais. Une minute plus tard, elle en est ressortie, brandissant un nouveau billet « Célébrations » qu'elle a glissé avec satisfaction dans son sac. Pourquoi ?... Moi j'aurais gratté, et si j'avais gagné 30 francs, j'en aurais acheté un autre, et encore un autre, jusqu'à ce que je gagne le jackpot ou que je perde tout... Et sans culpabilité en plus. C'est très facile à justifier puisque finalement tout l'argent dépensé va à la Loterie Romande qui aide le sport et la culture. Mais non, elle, elle ne l'avait même pas effleuré avec sa pièce de monnaie. Et puis je crois que j'ai compris son geste. C'est comme si elle avait voulu conserver l'espérance. Comme si elle avait eu à la fois très envie et très peur d'un changement dans sa vie. Ce ticket « Célébrations » pour elle, c'était comme une neige fraîchement tombée dans laquelle elle aurait renoncé à marcher par peur de laisser des traces.

Partir en vrille

« La terreur de n'être rien, je l'ai donnée à la terre comme fumier pour un grain qui fera fendre les pierres. » Philippe Jaccottet

Si on gravit le chemin pavé sur une cinquantaine de mètres, on y arrive par le bas. Si on est gros fumeur, ou vieux comme moi, c'est mieux de passer par le haut, par le parc. Le portail a conservé la couleur vert tendre que je lui avais choisie à l'époque, mais il est rongé par la rouille. Un sorbier des oiseleurs a soulevé un des montants avec ses racines, et la grille pend de guingois et ne ferme plus bien. Il y avait un cerisier sur le carré d'herbe à côté de la tonnelle, mais mon successeur a dû le faire couper, il y avait eu des plaintes d'un architecte voisin, petit despote prétentieux cul et chemise avec la municipalité. L'arbre lui bouchait la vue sur le lac. Je m'arrête quelques secondes pour reprendre mon souffle… Le rosier grimpant rose pâle est toujours là, mais ses feuilles, attaquées par la pourriture noire, se sont recroquevillées sur elles-mêmes. La glycine blanche a envahi toute la façade ouest, arrachant en partie les volets de l'ancienne chambre d'enfant. Ses branches sont encore nues, les vieilles cosses argentées de l'année dernière débordent de la gouttière. Les vitres sont sales et grasses, et des feuilles déchiquetées jonchent le sol goudronné de l'entrée. Je reconnais tout, mais je ne reconnais rien. Quand j'y vivais c'était une maison pimpante, aujourd'hui c'est une semi-ruine. Il vient à ma rencontre, remontant l'escalier de bois vermoulu et pourri. Cette maison a toujours été humide, elle possède même une source cachée paraît-il, et si on descend ledit escalier extérieur, on arrive à une sorte d'atelier intermédiaire qui me servait autrefois à rempoter mes plantes. Un second escalier mène au jardin du bas. À côté de la réserve de bois, l'entrée d'un petit tunnel. Un souterrain bouché après une vingtaine de mètres où j'aurais pu, à l'époque, faire pousser des champignons de Paris si j'avais voulu. Mais j'avais autre chose à faire. C'est de là qu'il vient, de l'atelier. Il serre une cigarette éteinte entre ses lèvres. Il est grand, d'une maigreur extrême, et une ancienne fracture mal soignée fait ressortir sa clavicule gauche par le col de sa chemise de lin froissée. Il est encore plus maigre que la dernière fois que je l'ai vu. Il a racheté ma maison voilà dix ans, à une époque de ma vie que je préfère oublier. Il s'avance en souriant, et avant que je puisse passer le portail, il m'a rejointe sur le trottoir. Nous restons côte à côte sous l'auvent du toit contre la façade nord, celle qui longe le chemin de montée, ou de descente, c'est selon. Ce mur-là est presque intégralement recouvert de graffitis. Nous les contemplons un instant, en silence. Puis il frotte l'une contre l'autre ses grandes mains sèches et sort de sa poche arrière une grande cuillère à soupe tordue qu'il brandit en m'expliquant qu'il a descellé à la cuillère ces quatre pavés-là, au pied du mur, et planté une tige de lierre grimpant. Il me la montre. Il me dit qu'il espère que les vrilles du lierre vont s'accrocher au crépi, et que d'ici dix ans, la façade sera entièrement recouverte de lierre, et inaccessible aux tagueurs. D'ici dix ans… Mes yeux suivent le cheminement pathétique de la tige de lierre maintenue au mur par de simples bouts de scotch tapissier qui déjà se décollent par endroits. Je regarde son visage dans l'ombre, ses yeux profondément enfoncés sont ceux d'un convaincu, d'un obstiné. Je n'ose rien répondre, c'est l'acte d'un désespéré. Il glisse la cuillère dans sa poche et me précède dans le jardin. Une fois de plus, je suis frappée par la maigreur de ses jambes. Nous nous asseyons sous la tonnelle décharnée et branlante. Le bassin de pierre est encombré de gravats, de cendriers pleins d'eau jaunâtre. Il me demande si je veux boire quelque chose puis il oublie. Il me parle avec fébrilité de toutes les tentatives qu'il a effectuées ces derniers mois pour faire disparaître les graffitis. Un maçon est venu, a commencé à nettoyer, puis n'est plus venu. Il s'y est alors mis lui-même, s'est rendu dans une jardinerie, a loué un Kärcher, a giclé l'eau pulsée sur le crépi jusqu'à ce que tout disparaisse. Ça, me dit-il, c'était juste avant qu'il apprenne, pour son cancer. Puis un jour il a été pris d'un étourdissement, est tombé de l'échelle, a été hospitalisé quelques jours, puis est revenu. À son retour, le mur était à nouveau entièrement tagué. Il prenait de la morphine maintenant, depuis plusieurs semaines, et j'ai compris que sa maigreur venait du fait qu'il ne mangeait presque plus rien, buvait trop peu, que son regard fiévreux et déconnecté était celui d'un homme déjà entre deux mondes. Le lierre, «hedera helix», tient son nom à la fois du latin et du grec. Entre deux langues. *Hedera* vient du latin *herere* qui signifie « attacher » et *helix* du grec, « la vrille ». C'est une plante grimpante qui fleurit en automne quand il n'y a presque plus d'autres fleurs, elle est salutaire pour les abeilles juste avant l'hiver. Ses fruits, des grappes de petites boules noir bleuté, arrivent à maturation au début du printemps. Trois de ces petites boules suffiraient à tuer un enfant car elles contiennent un poison violent : l'hédérine. Une sorte de gomme résineuse qui peut provoquer la paralysie du système respiratoire, le coma, puis la mort chez l'être humain. Les oiseaux chanteurs en sont friands, et on en retrouve souvent dans leur fiente violette au mois de février. Le lierre n'est pas une plante parasite, il se sert des arbres pour grimper, mais ne les étouffe pas. Il soulève les pierres tombales dans les cimetières, s'insinue dans les fissures des murs, mais contrairement à ce qu'on croit, ne les détruit pas. Ensuite nous descendons dans le jardin du bas. Il veut encore me montrer quelque chose. La table de ping-pong est pliée dans un coin, oubliée, couverte de moisissure et de toiles d'araignée. Les trois pommiers rabougris sont malades, le cognassier a été abattu. Le seul arbre qui semble à peu près tenir le coup, c'est le cyprès que j'ai planté au pied de l'atelier. Il se dresse bien droit dans l'air du soir, silencieux et digne. Le tas de bois est pourri, couvert de larges dentelles blanches de champignons du bois. J'aperçois l'entrée du souterrain, comme une grande bouche ouverte, comme l'entrée des enfers. Il m'emmène vers le bord du jardin qui surplombe un grand mur en pierres de taille. De là on domine toute la ville, le lac, les montagnes en face. Il veut que nous nous asseyions sur le bord. Il veut me montrer comment le lierre descelle les pierres et menace jour après jour le mur tout entier. Il s'agite au bord du gouffre, balance ses bras, il parle fiévreusement de mortier, d'arrachage de lianes, des entre-nœuds et des crampons qui fissurent la pierre. Il me dit qu'un seul plant de lierre peut atteindre cent mètres de long et trente mètres de haut. Tout en parlant, il arrache quelques feuilles cireuses et les jette dans le vide. Elles tombent dans la cour en contrebas, dans l'ombre, sur le couvercle d'un container. Le soleil a quitté le jardin. J'ai froid maintenant, j'ai peur de tomber, peur qu'il m'entraîne avec lui dans sa chute. Je lui dis que je veux rentrer dans la maison pour passer aux toilettes avant de repartir. Il se lève, titube un peu au bord du vide et me tend sa grosse main pour que je me lève à mon tour. J'hésite à la saisir. Pendant un instant, je pense réellement qu'il va m'entraîner avec lui dans sa chute. Nous remontons les escaliers, passons la tonnelle et rentrons dans la maison. Il se dirige vers la cuisine et moi aux toilettes. Partout dans le couloir le plâtre des murs se décolle, le carrelage est souillé et colle sous les chaussures. Quand je le rejoins pour lui dire au revoir, il me répond avec un sourire amer que c'est sans doute la dernière fois que nous nous voyons. Est-ce que je ne veux pas rester dîner avec lui ? Je jette un œil à l'évier encombré, à la cuisinière couverte de casseroles et de plats figés dans la graisse. Le rideau pend de travers à la fenêtre et, sur la table, un chat noir trempe sa patte dans l'eau croupie d'un vase à côté d'un ordinateur portable ouvert. Partout où mes yeux se portent, la maladie, la mort. J'ai peur de la contagion. La charité voudrait que je reste, mais je ne m'en sens pas la force. Il faut que je sorte d'ici. Je prends mon sac, réponds que bien sûr nous allons nous revoir, que je reviendrai voir l'avancement de ses travaux, avec le lierre. Et je m'enfuis comme une voleuse. J'ai appris sa mort quelques semaines plus tard, au début de l'été. Il n'est pas mort des suites de son cancer, mais d'un empoisonnement du sang, d'une septicémie en fait. J'ai pensé aux petites boules noires du lierre, à la bouche noire du tunnel. J'ai pensé à lui qui voulait planter à la cuillère une petite pousse chétive au nord, et arracher à la main l'envahisseur au sud. Bien entendu, le voisin architecte a racheté la maison, et quand je suis passée devant, quelques mois plus tard, elle était en travaux. Le mur côté chemin, celui qui était couvert de graffitis, était protégé par une grande palissade en teck bordée de buis. J'ai fait le tour par la route, à pied, et je suis entrée dans la petite cour au pied du grand mur sud où nous nous étions assis, lui et moi, cette fin d'après-midi-là. Tout avait été bétonné. En haut du mur, un treillis métallique flambant neuf bordait le jardin du bas. J'ai reculé de quelques pas et j'ai aperçu la pointe de mon cyprès qui se balançait doucement dans le ciel d'été. Comme un grand pinceau noir. Puis je suis allée au cimetière, et sur sa tombe discrète j'ai planté un « hedera helix », un lierre.

Le scénario du pire

La maladie est le premier stade de
l'attendrissement sur soi-même.

Quand on annonce un cancer dans une famille, c'est le branle-bas de combat. Le combat des mots. «Elle a un adénocarcinome, une tumeur, des métastases partout, elle est foutue, oui mais il y a l'immunothérapie, ça marche paraît-il?... Mais le cancer est trop avancé, quelle sorte de cancer?... La chimio fait vomir, elle a si peur de perdre ses cheveux, il faut inviter son mari à manger, le pauvre il est tout seul, est-ce qu'on peut quand même réserver pour les vacances d'été?» Mots terribles, téléphones interminables, SMS, chuchotements, réactions consternées, abattement, sidération. Il y a ceux qui se sentent immédiatement personnellement concernés, qui agissent dans tous les sens. Qui demandent à consulter les dossiers médicaux, à rencontrer l'oncologue tous les jours. Qui veulent s'approprier le malade, qui passent leur temps à son chevet et finissent par le harceler avec leur prévenance convenue. Ceux-là, en général, s'essoufflent très vite quand le cancer dure trop longtemps. Pour eux, un bon cancéreux est un cancéreux foudroyé par la maladie. Aussitôt diagnostiqué, aussitôt enterré. Je suis angoissé, je contrôle tout donc j'éradique l'angoisse. Et puis il y a ceux à qui la maladie fait très peur et qui sont terrifiés par les hôpitaux, l'odeur de la maladie, de l'urine, de la mort. Les hypocondriaques. Ils évitent, procrastinent, compatissent mais de loin, envoient éventuellement des fleurs ou un petit mot. Et si le malade finit par mourir, ils regrettent de ne pas avoir eu le courage de dire au revoir. Je suis angoissé, j'évite, donc je me protège de l'angoisse. Parmi ceux-là, certains font quand même une courte visite au malade, et lui parlent en boucle de leurs petits bobos personnels. Une façon comme une autre de signifier leur compassion. Moi aussi je souffre des genoux donc je suis pleinement avec toi. Et puis, il y a les enfants. Ma petite-fille est rentrée de l'école un jour à midi, s'est assise à côté de sa grand-mère étendue sur son canapé jaune au milieu d'un tas de coussins, et a sorti un livre qu'elle a lu en silence, l'épaule appuyée contre la malade: « Lily a une amie qui a une maladie très grave. » Puis elle a refermé le livre et s'est installée à table avant de retourner à l'école pour l'après-midi. Dans le livre, l'histoire finit bien, l'amie est guérie, elle ne meurt pas. Et puis il y a les bébés. D'abord impressionnés par les bips, les tuyaux, la clarté solennelle de la chambre d'hôpital, ils restent accrochés aux bras du papa et refusent d'embrasser la grand-mère même de loin. Mais ils finissent quand même par descendre des bras, courater dans toute la chambre, jouer avec la télécommande du lit médicalisé encore et encore. Et on finit par les emmener voir les poissons de l'aquarium à la cafétéria, pour qu'ils se tiennent tranquilles. Nous sommes comme ça face à l'adversité. Nous sommes comme ça face au monde et à ses malheurs. Simplement humains. Alors quand le monde extérieur affronte successivement des évènements dramatiques comme il vient de le faire, pandémie, guerre en Ukraine, crise climatique, quand nous apprenons qu'une nouvelle catastrophe est en train de se produire quelque part pas loin, du choix des mots employés dépend souvent notre réaction. « Catastrophe sanitaire, catastrophe humanitaire, catastrophe climatique gigantesque. Génocide, massacre, atrocités. » Une surenchère de termes catastrophistes qui s'épuisent très vite si le conflit dure. En une année, les experts de la pandémie ont été remplacés par les experts de la guerre en Ukraine. Et si rien de plus affreux n'arrive entre-temps, ils seront bientôt remplacés par les experts du climat. C'est à qui trouvera, parmi les médias, le meilleur terme pour annoncer la nouvelle, puis, plus tard, pour relancer l'intérêt émoussé des lecteurs ou des spectateurs lambda. Une chose terrible est très vite remplacée par une autre chose terrible. Les réfugiés syriens, par exemple, on n'en parle plus. La gifle de Will Smith aux Oscars a autant d'importance pour nous que le naufrage d'un bateau plein de gens en Méditerranée. Pourtant, ils continuent à se noyer allègrement. Nous sommes ainsi faits que ceux parmi nous qui ont harcelé le cancéreux prennent spontanément un réfugié ukrainien chez eux et, si ça dure un peu, commencent à se plaindre de la différence culturelle et des frais engendrés par l'accueil. Pendant le premier confinement, ils ont créé un réseau pour aider les vieux à faire leurs courses ; et pendant le second, ils ont accusé les mêmes vieux d'être responsables de la fermeture prolongée des restaurants et des magasins. Ceux qui ont évité le cancéreux compatissent ponctuellement en silence. Mais heureusement, l'Ukraine est à plusieurs milliers de kilomètres, il y a les comprimés d'iode, les abris antiatomiques et les masques, et le gel hydro-alcoolique. Et on n'est pas obligé de prendre un bus infesté de microbes, on peut investir dans un vélo électrique et continuer à faire son yoga par Zoom, mais on réfléchit quand même à trouver un chalet quelque part dans la montagne, où vivre en autarcie de façon entièrement autonome. Et puis il y a les enfants, qui développent des peurs de plus en plus profondes à force d'entendre circuler partout cette surenchère de mots terribles. Des mots qu'on ne trouve même pas dans les contes de fée. Dans les contes, un prince peut toujours terrasser un dragon avec une épée magique, une princesse peut réveiller un prince en l'embrassant sur la joue. Un enfant perdu peut retrouver son chemin dans la forêt grâce à son ingéniosité et une simple paire de bottes de sept lieues. Dans les histoires, on peut agir contre l'adversité et le malheur. Mais les mots «catastrophe, pandémie, génocide, atrocité» n'existent pas dans les contes de fée, et l'imagination des enfants n'a aucun pouvoir sur eux. Ils subissent ces mots, ne peuvent rien y faire. C'est comme un sort jeté sur le royaume tout entier… Et leur juvénile impuissance se traduit alors par des angoisses de mort de plus en plus présentes. Des tics nerveux, des tocs compulsifs, de la difficulté à se concentrer sur quelque chose de positif comme l'apprentissage d'une chose nouvelle parce que la menace plane sur leur petit univers. Une terreur de plus en plus présente des microbes, de l'abandon. Heureusement les enfants n'ont pas encore vraiment conscience du danger climatique. Nous non plus d'ailleurs. Quand je regarde ce ciel de printemps, les jeunes feuilles qui tremblent dans la brise, les pruniers en fleur qui se dressent dans l'azur comme des jeunes mariées, les haies traversées par des chiffonnades de moineaux en folie, j'ai de la peine à penser « catastrophe climatique imminente », même si le sable du Sahara a jauni le ciel plusieurs fois cette année. Même si je me dis parfois que si la poussière du désert a pu se déposer sur mon jardin et ma bagnole, ça veut dire que les nuages radioactifs pourraient tout aussi bien venir d'Ukraine jusqu'ici. Je pourrais moi aussi choper un cancer, dans pas longtemps, et alors je serais passée de l'autre côté, du côté des victimes. Je comprendrais alors que je ne suis pas immortelle, que ma présence au monde peut disparaître, que le printemps pourrait revenir sans moi l'année prochaine. Parmi les nombreux malheurs du monde, la seule chose que nous pouvons vraiment intégrer en tant qu'être humain, c'est l'expérience personnelle et vécue. Pour le reste, même si nous éprouvons de la compassion, nous sommes tous démunis et fondamentalement impuissants comme des enfants. Et il n'y a pas de culpabilité à avoir. Trop c'est trop. Ou alors il faut s'en remettre à plus fort que soi. Il est possible de se persuader qu'on fait partie d'un tout, qu'on participe à une sorte d'équilibre universel. Qu'au-delà de la foi religieuse, il existe un équilibre précaire entre douleur et plaisir, entre le bien et le mal. Que le bien renforce les liens entre nous, que le mal les disloque. Que le mal, ce n'est pas un diable de contes de fée, avec des cornes rouges et une queue fourchue, mais que c'est le non-bien. Ne rien faire, passer à côté et ne rien faire pour changer les choses, même à toute petite échelle. Améliorer même pour une seconde le confort d'une personne qui souffre, dire à un cancéreux qu'il est courageux parce que « moi je ne sais pas comment je supporterais d'affronter ça ». Déplacer un escargot qui traverse la route, même si ça paraît absurde. Absurde, parce que notre monde ne fait pas de cadeaux, la violence, le chaos sont partout, même dans nos maisons, même à l'intérieur de nos propres corps. Absurde parce que le chat que nous aimons a attrapé une mésange bleue par la nuque et l'a égorgée. Absurde, parce que le chat a trempé consciencieusement sa patte dans le bocal et éjecté le poisson doré que nous nourrissons chaque jour, et qu'il se détourne à présent, indifférent à l'agonie dudit poisson qui convulse sur la toile cirée de la table. Je ne peux rien faire contre la cruauté du monde, à part essayer d'être vraie. Mais comment continuer à être vrai si on continue à nous terroriser, à nous culpabiliser avec des mots terribles contre lesquels nous demeurons impuissants. J'aimerais qu'on me dise que le chat a énuqué la mésange et asphyxié le poisson parce que c'est dans la nature profonde des chats d'être excités par des trucs qui bougent, que c'est triste mais que je ne peux rien y faire. Mais je voudrais qu'on arrête de me dire dans la presse qu'un escargot a été atrocement mutilé dans le nord du Kazakhstan.

Acouphènes

« Le monde paraît comique à ceux qui le pensent, et tragique à ceux qui le sentent. »
Horace Walpole

J'ai un sifflement dans l'oreille depuis plusieurs semaines. C'est plus fort le soir. Comme une lointaine alarme dans le fond de l'oreille gauche, comme si quelque chose dans ma tête m'enjoignait à rester vigilante en permanence. J'ai cherché un peu l'origine de l'acouphène. C'est troublant, parce que le sifflement ne proviendrait pas du conduit de l'oreille, mais serait généré par le cerveau, qui produirait un bruit qui n'existe tout simplement pas. Ça m'agace, alors je me dis que si mon cerveau a été capable de programmer un bruit qui n'existe pas, il peut tout aussi bien le faire disparaître, non ? Sauf si ce n'est pas la faute de mon cerveau. Et plus j'y réfléchis, plus je me dis qu'il y a quelque chose de pas net dans cette histoire... Il y a quelques jours, mon ex-mari est passé à la maison pour prendre des mesures parce qu'il va me fabriquer un nouveau placard à la cuisine. C'est un homme tranquille, qui apprécie le contact humain. Il a un léger trouble de l'attention, ce qui fait qu'il raconte souvent la même histoire drôle. Mais comme j'aime sa présence rassurante, je fais semblant de ne l'avoir jamais entendue. Ainsi nous sommes satisfaits tous les deux. La tendresse est antérieure à la séduction entre nous, ce qui fait que quand nous nous voyons aujourd'hui, nous sommes en paix. Pendant que je prépare le café et qu'il mesure en commençant pour la ixième fois l'histoire du type qui dit à sa femme «Je ne suis pas plombier, je ne suis pas menuisier, etc.», arrive inopinément un ami qui passait par là et qui m'apporte des graines de capucines à planter au pied du rosier grimpant qui est tout le temps malade. Du coup je sors trois tasses et on s'installe à table. Mon téléphone est posé à côté du sac plastique qui contient les sachets de graines, entre le mètre ruban et une boîte ronde de biscuits danois. C'est le matin, j'ai encore une belle énergie, et même si j'ai du travail qui m'attend, je me dis que c'est bien d'être là avec ces deux hommes qui, chacun à leur façon, embellissent ma vie. La cafetière italienne glougloute et on se met à parler de tout et de rien. Des capucines qu'on peut manger en salade, du troisième pilier des indépendants, des pneus neige, des panneaux solaires… En pleine discussion sur les subventions accordées aux propriétaires pour l'installation de panneaux solaires, mon téléphone bipe. Je le prends machinalement pour vérifier mes messages. Je profite de ce que mon ex-mari raconte l'histoire du type qui dit à sa femme « je ne suis pas plombier… » à mon vieil ami pour jeter un œil à ma barre d'infos Google, vieux réflexe du temps où je travaillais encore pour la presse. De l'index, je fais défiler la barre, et là, je suis sidérée. Entre les diverses infos de dernière minute, il y a systématiquement des annonces publicitaires, ça, je le savais. Mais là, ce matin, entre le siège de Marioupol et un incendie dans des entrepôts au Bengladesh, il y a une annonce publicitaire d'une jardinerie sur les plantes anti-parasitaires utilisées dans les jardins, notamment les capucines. Un peu plus bas, une remise sur les pneus d'hiver, et, encore plus bas, un site de constructions de panneaux solaires offre un rabais de 30 % aux propriétaires. Je n'en crois pas mes yeux. Je continue à faire défiler les infos, et juste avant la dernière, l'assurance Helvetia me fait une proposition pour un troisième pilier avantageux si je suis indépendante. Une fois OK, mais là ça ne peut plus être un hasard. Ça veut dire que mon téléphone, que je n'ai pas touché depuis plus d'une heure maintenant, écoute les conversations dans ma cuisine. Bon, c'est un téléphone chinois, ceci explique peut-être cela. Mais peu importe qui ils sont, ça signifie quand même qu'ils ont intégré un logiciel dans mon téléphone, avec un algorithme qui analyse en permanence ce qui se dit dans ma cuisine afin d'en tirer profit. Je connaissais les cookies, ces trucs qui collectent des données et qu'on vous demande d'accepter si vous voulez continuer sur un site en ligne, mais là, la recherche est active, ça veut dire qu'en cherchant concrètement une info, en cliquant sur les vertus antiparasitaires des capucines, je m'expose à recevoir toutes sortes de publicités sur l'entretien des jardins. De là à penser que mes acouphènes ne sont pas générés par mon cerveau mais par Amplifon, la boîte qui vend des prothèses auditives à des prix exorbitants, il n'y a qu'un pas. Ils sont partis, après avoir fini la boîte de biscuits danois et deux cafetières. Et en nettoyant la table, je me suis dit que je ne me souvenais plus de la chute de l'histoire drôle de mon ex-mari. L'histoire du type qui dit à sa femme «Je ne suis pas plombier, je ne suis pas menuisier…» Je crois qu'à la fin elle lui répond «Je ne suis pas pâtissière,…» mais je n'en suis plus sûre. Ça tournait en boucle dans ma tête, alors en préparant le repas j'ai parlé à mon téléphone. Je lui ai demandé: «OK Google, raconte-moi la blague du type qui dit qu'il n'est pas menuisier…» Et la voix suave de Google m'a raconté l'histoire avec son débit entrecoupé. «C'est l'histoire d'une femme qui demande à son mari de lui réparer la porte du placard de la cuisine, et son mari lui répond, "Je ne suis pas menuisier." Et le lendemain, elle lui demande de réparer l'écoulement de l'évier, et il lui répond "Je ne suis pas plombier." Et quelques jours plus tard, elle lui demande de réparer la lampe du salon, et il lui répond "Je ne suis pas électricien." Et quelques jours plus tard, quand il rentre à la maison, elle lui dit en l'accueillant: "Tu sais le petit jeune qui habite en face, il m'a réparé le placard, la lampe, et l'évier." "Ah bon lui répond le mari, et qu'est-ce que tu as fait pour le remercier, tu lui as fait un gâteau ou une petite gâterie?" Et elle lui répond: "Eh ça va, je ne suis pas pâtissière!" » Ça m'a fait sourire. J'ai réalisé que je n'écoutais plus mon ex-mari depuis longtemps, que même si sa tendre présence rassurante berçait par intermittence mon quotidien solitaire, je n'imprimais plus qu'un mot sur quatre de ce qu'il me disait lorsqu'il pénétrait dans ma cuisine avec sa chemise à carreaux et sa boîte à outils. Finalement, je ne vaux pas mieux que ceux qui m'écoutent à travers mon téléphone. J'attrape un mot sur quatre et je profite de sa présence pour lui reparler de l'abri à bois que je lui ai commandé six mois plus tôt, de mon robinet qui goutte ou du gainage de mon câble internet qui traverse le salon. Et lui, il vient, à son rythme, mais il vient percer, colmater, réparer, et il me raconte toujours la même histoire glissée entre le café et les biscuits : « Je ne suis pas menuisier, pas plombier… » Peut-être que son histoire drôle n'est pas si drôle que ça finalement. Peut-être que c'est un message subliminal. Et si je ne veux plus qu'on m'écoute, il me suffit de couper complètement mon téléphone finalement, non ? Et si je ne veux plus que ça siffle dans ma tête, il me suffit d'éteindre définitivement mon cerveau. Mais je crois que je préfère un sifflement permanent à plus rien du tout. Je m'habituerai à cet acouphène, parce qu'on s'habitue à tout, même aux choses désagréables.

Greenwashing

> « Sous le familier, découvrez l'insolite. Sous le quotidien, décelez l'inexplicable. Puisse toute chose habituelle vous inquiéter. »
> Bertold Brecht

Dans sa chambre, sous le toit, mon fils de vingt ans a installé ce fameux système d'éclairage avec des ampoules connectées. Ça signifie que quand il veut allumer ou éteindre ses lampes, il lui suffit de dire : « OK Google allume la chambre… » et tout s'allume. Il peut même le faire à distance s'il a oublié d'éteindre avant de partir, ce qui arrive une fois sur deux quand même, on va pas se mentir. Pour moi qui aère son lit le matin, ça a été un apprentissage de fou. Parce que j'ai soixante ans de réflexes dans les doigts. Quand j'entre dans une pièce, c'est bête, mais j'appuie sur l'interrupteur avec l'index. Et j'avoue que j'ai beaucoup, beaucoup de peine à dire, en montant l'escalier : « OK Google, allume la chambre… »

J'ai l'impression d'être folle. Mon fils m'a fait remarquer poliment qu'en continuant à appuyer bêtement sur son interrupteur, je déréglais son système de programmation. Il m'a d'ailleurs reproché d'autres choses. Nous n'avons pas de compost de cuisine, par exemple. Pas de petite poubelle verte. Je lui ai répondu que le compost ça coule et ça pue, et que pour un ménage de seulement deux personnes comme nous, ça ne valait pas vraiment la peine. J'ai alors eu droit à une nouvelle salve de reproches sur notre consommation excessive de viande, et sur le fait que j'achetais des bouteilles d'eau minérale gazeuse en provenance de l'étranger, que je ne mesurais pas le bilan carbone d'un tel achat, alors qu'il existait des machines à fabriquer l'eau gazeuse à partir de l'eau du robinet. La totale quoi… J'ai cédé à peu près sur tout. J'ai acheté une petite poubelle verte, des hamburgers végétaux et une machine Soda Stream. Donc quand il pue trop, j'amène le compost qui coule à l'écopoint, et une fois par semaine je me trimballe la bouteille d'oxygène de trois kilos pour la faire remplacer par une pleine au service clients, et cela pour la modique somme de 17,50 fr., ce qui représente environ 10 bouteilles de San Pellegrino. Je m'en fous, en cachette je continue à bouffer une entrecôte quand il n'est pas là, et à acheter de la San Pellegrino pour la mettre sur ma table de nuit. Ce sont les seules que j'arrive encore à dévisser, et mon fils n'entre jamais dans ma chambre… Et puis l'autre jour, les choses se sont accélérées pour moi. Je reçois sur ma boîte e-mail et sur mon téléphone une multitude de messages de Sunrise qui m'annoncent l'envoi imminent d'une nouvelle box TV, et qui me disent que j'ai exactement huit jours pour l'installer sinon plus rien ne marchera dans la maison. Ni le wifi, ni le téléphone, ni la TV. Ce genre de message a pour effet immédiat chez moi de me déstabiliser complètement, de me mettre dans un état proche de la panique. Je préviens mon fils qui me dit d'un air condescendant que je ne dois pas m'inquiéter, qu'il s'occupe de tout. Le lendemain arrivent deux immenses cartons remplis de câbles, de tourelles blanches, de boîtes plates et anonymes et de modes d'emploi. Je laisse tout tel quel sur la table de la cuisine et je pars travailler. Dans la matinée, je reçois encore une dizaine de messages de Sunrise, avec des codes d'installation divers et des mots de passe en veux-tu en voilà. Je les transfère immédiatement à mon fils pour m'en débarrasser, pour les effacer de mon cerveau à moi. Vers midi, mon fils m'envoie un message. Le fil qui relie la box à la TV est trop court. Je lui suggère de téléphoner à Sunrise pour en commander un autre, ce qu'il fait. Le lendemain, Sunrise envoie un nouveau carton, immense, rempli de morceaux de sagex et de papier bulle, avec un unique câble lové dans le fond, noir luisant et sinistre comme un serpent. Mon fils me dit que ce n'est pas le bon. Je sens que ça commence à l'agacer. Il rappelle Sunrise devant moi. C'est tellement long qu'il finit par mettre le haut-parleur. Il a le temps de prendre une douche et de se préparer une omelette avant que quelqu'un, enfin, lui réponde, et qu'il puisse commander le bon câble. Le lendemain, nouvel immense paquet. Cette fois c'est le bon câble, mais il fait 10 mètres. Mon fils effectue les branchements en caleçon. Mais comme ce n'est plus la même prise qu'avant et que le nouveau câble fait 10 mètres, il y a un enchevêtrement de câbles qui traversent à présent le salon et la cuisine. Un autre câble monte l'escalier, traverse la salle de bains, pour atteindre enfin son objectif dans la chambre du haut. J'ai envie de pleurer quand mon fils me donne le nouveau code wifi: Gf56HX345TUW234_PF/879 et le nouveau mot de passe: LO/tz451/222-jkUGdRJJ52. En plus, je vais devoir faire venir un électricien pour ranger tous ces câbles, ça va me coûter au moins 500 balles. Et à présent, je reçois toutes les dix minutes un message de Sunrise, «Félicitations madame! Vous avez accès gratuitement et dès à présent à la meilleure connexion de Suisse et aux nouvelles offres Sunrise TV!» Comme si j'avais 4 ans et demi et que j'avais réussi un puzzle... Assise dans ma cuisine, je contemple avec consternation les cinq cartons à moitié vides, empilés à côté de la machine Soda Stream. Ça touche presque le plafond. Il faut les renvoyer maintenant... Je garde précieusement le mode d'emploi en français de la nouvelle télécommande et je mets les anciennes dans un des cartons. Heureusement, la poste n'est pas loin, je devrais m'en sortir en faisant deux voyages. C'est là que je regarde les instructions de renvoi un peu plus attentivement. On ne PEUT PAS déposer ces cartons à la poste. Il faut les amener dans un kiosque spécial. Je vais devoir prendre ma voiture. Je les hais. Je n'ai absolument rien demandé. Mon wifi fonctionnait très bien avant tout ça. Je m'étais habituée au fonctionnement de Sunrise TV et je maîtrisais à peu près les fonctions de l'ancienne télécommande... Il allait falloir tout recommencer, comme si j'avais que ça à foutre. Je charge ma voiture et je me mets en route. Arrêtée à un feu, je tourne la tête et je vois un panneau publicitaire avec Federer qui me nargue: «SmartLife Flex pour un quotidien intelligent éco-responsable et connecté». Mon moteur tourne, je jette un œil à l'empilement de cartons dans le coffre, j'ai envie de vomir… Quelques jours plus tard je veux faire mes paiements. J'allume ma tablette et je vais sur le site de la banque. Là, ô surprise, un écran blanc. Totalement vide. À nouveau, une légère panique s'empare de moi. Je ré-essaye, rien… Je vérifie ma connexion internet, éteins tout, rentre avec peine le nouveau code wifi et le mot de passe, impossible de me connecter au service de paiement en ligne de ma banque. Je téléphone à l'UBS, qui me fait poireauter une dizaine de minutes. Après m'avoir forcée à exposer, dans le vide, mon problème à une machine censée m'orienter vers la bonne personne, on me fait encore patienter. Enfin, une voix humaine me parle. J'explique, la gorge serrée par l'angoisse, que je n'ai plus accès à mon service de paiements en ligne, et la jeune femme me demande en retour avec quel appareil j'effectue mes paiements. Je lui dis que je fais ça avec ma tablette. Elle me demande alors quel âge a ma tablette. Je lui réponds que je l'ai achetée en 2019. Elle soupire et me dit que la banque ne traite plus les paiements effectués avec un appareil aussi ancien, et que si je veux pouvoir continuer à faire mes paiements en ligne, je dois me procurer une nouvelle tablette. 2019… ça fait donc trois ans… Aussi ancien… Je ne réponds même pas, je raccroche et j'éclate en sanglots. Ah! Faire la queue à la poste avec trois billets de mille et un carnet jaune… Quelques jours plus tard, ma nouvelle tablette configurée à 450.– en main, je fais mes paiements. Ça marche. Soulagée, presque reconnaissante, je me dirige vers mon imprimante. Je lance l'impression des justificatifs de paiements pour les classer dans le tiroir de mon bureau. Rien. Il ne se passe rien. C'est alors que je comprends que ma nouvelle tablette n'est pas compatible avec ma vieille imprimante. Il va falloir que j'en rachète une. 500.– d'électricien, 450.– de tablette, 350.– pour la nouvelle imprimante, presque 1500 balles, des cartons défoncés, plein de câbles inutiles et de télécommandes inutilisables, de bouts de plastique, de box TV caduques, et on m'emmerde pour quelques épluchures de carottes, une petite poubelle verte et un interrupteur… C'est le soir, je m'installe devant ma nouvelle Sunrise TV pour regarder la finale de Roland Garros, même si Federer ne joue pas. Rien. Si je veux voir le match, je dois aller sur Amazon Prime et payer. Totalement écœurée, je zappe et je tombe sur la pub Sunrise où Federer chante « With a little help from my friends » avec le slogan : « The more. The better. Sunrise we. » J'éteins la télé, je monte dans ma chambre, j'appuie sur l'interrupteur avec mon doigt, je bois une goutte de San Pellegrino éventée et je me couche. Ce monde, comme il est là maintenant, m'échappe complètement. « OK Google, fous-moi la paix ! »

Les orchidées

« L'homme vraiment libre est celui qui sait refuser une invitation à dîner, sans donner de prétexte. » Jules Renard

Un jour, il y a longtemps, quelqu'un, je ne sais plus qui, m'a offert une orchidée dans un pot émaillé blanc. Qu'elle ne s'inquiète pas si elle se reconnaît, depuis le temps il y a prescription. Ça partait certainement d'une bonne intention, mais depuis ce jour-là, au fil des années, j'en ai reçu une centaine. Peut-être que la deuxième personne à m'avoir offert une orchidée était venue chez moi un jour, avait vu l'orchidée originelle en pleine floraison sur le bord de ma fenêtre, et s'était dit : « Tiens, elle aime bien les orchidées, la prochaine fois que je viens, je lui en apporte une. » C'est comme ça que je me suis retrouvée à la tête d'une centaine de pots émaillés blancs tous pareils contenant des orchidées, blanches pour la plupart. Or, la vérité c'est que je n'ai jamais aimé les orchidées. C'est une plante morbide, avec ses pétales carnés blafards, et ses feuilles qui émergent des copeaux, comme des langues humaines qui sortiraient de terre. Ses racines échevelées qui sortent de nulle part, comme des vers géants qui pendouillent hors du pot… En plus, sa fleur m'a toujours fait penser à un organe humain, un morceau de plèvre, une vulve ou un bout d'oreille. Mais comme je suis incapable de jeter une plante vivante, je suis contrainte de m'en occuper aussi bien que je le fais avec n'importe quelle plante verte dans la maison. J'apprécie la fougère, par exemple, qui est, poétiquement parlant, l'antithèse de l'orchidée, même si elles sont toutes deux des plantes de serre chaude. J'aurais pu m'en débarrasser me direz-vous, au fil du temps, les déposer sur le trottoir ou sur un banc, aux bons soins d'un anonyme amateur, mais il faut savoir qu'une orchidée ne supporte pas la lumière directe du soleil qui assèche ses fleurs et brûle ses feuilles. Non seulement je suis incapable de jeter une plante vivante, mais en plus je connais la provenance de chacune de mes orchidées. Jeter celle qui est sur le bord de la fenêtre de ma salle de bains équivaudrait par exemple à tirer un trait définitif sur la relation sporadique que j'entretiens avec ma sœur. J'ai failli être débarrassée une fois pour toutes de mes orchidées, il y a environ cinq ans, quand le salon de coiffure jouxtant ma maison a pris feu. J'étais absente, les pompiers ont donc cassé ma porte pour pénétrer chez moi et sécuriser le mur mitoyen. Ils ont ouvert toutes les fenêtres du premier étage afin d'évacuer la fumée, mais malgré l'urgence de l'intervention, ont pris la peine de déposer avec délicatesse sur le plancher toutes les orchidées qui étaient sur le bord des fenêtres. Bilan, pas une fleur abîmée… Comment ce cadeau originel et spontané, qui partait pourtant d'une bonne intention, a-t-il pu devenir à la longue une véritable contrainte récurrente ? Comment les individus de cette espèce mortifère ont-ils pu se répandre chez moi et envahir petit à petit mes fenêtres, au point que je les considère comme hostiles quand je suis obligée de les arroser chaque dimanche ? Toute cette histoire d'orchidées part pourtant d'un simple don bienveillant à la base. À propos de don bienveillant à la base, j'ai, depuis quarante ans, dans mon porte-monnaie, une carte de donneur d'organes. Ça signifie que si j'ai un accident, un cancer, ou une saloperie du genre, et que je meurs, on peut sans autre prélever un de mes organes pour sauver la vie d'une autre sexagénaire exsangue. Dans l'expression « don d'organes », il y a le mot « don ». Je donne mon foie sans rien attendre en contrepartie, même pas de la reconnaissance puisque je suis morte. C'est donc un geste totalement désintéressé. C'est comme si je suis invitée chez quelqu'un, j'apporte une bouteille, mais je ne suis pas obligée de le faire. L'invitation n'est pas dépendante de ce que je vais amener en contrepartie. C'est un choix personnel. Libre à moi d'amener un cadeau ou non. Une orchidée par exemple. C'est à mes hôtes de décider ce qu'ils vont en foutre après, quand je serai partie. Si je décide de donner mon foie, c'est au chirurgien qui le prélèvera de décider s'il est trop imbibé, nécrosé, incompatible, ou sain et transplantable… Avec la nouvelle loi qui rend le don d'organes obligatoire, c'est comme si le mot « don » perdait tout son sens. Je vous invite à dîner, mais vous avez l'obligation d'amener une bouteille ou des chocolats de telle marque. Vous avez le devoir de m'apporter une orchidée phalaenopsis. Personnellement, ça refroidirait mes ardeurs… Un don, c'est sacré. S'il est banalisé, il perd toute sa valeur. Combien de millions de cornées, de reins, de poumons vont être prélevés sur des corps, pour quelques milliers de personnes en souffrance qui attendent des organes vitaux pour eux? Il y en aura tellement en rab qu'il faudra créer un container spécial de récupération d'organes humain dans les écopoints: «organes humains seulement». Ou alors des morceaux de corps seront déposés sur des bancs, ils joncheront les trottoirs, au bon soin des amateurs anonymes... «Servez-vous». Même pas sûr qu'ils les ramassent... Dans le jardin d'à côté, il y a un magnifique pommier qui donne des pommes superbes. À la fin de l'été, ces pommes tombent. Eh bien personne n'en veut. Ces pommes restent sur le trottoir, se tavèlent, roulent sous les voitures, éclatent sous les pneus, personne ne les ramasse. Les gens préfèrent acheter des pommes sous cellophane à la Coop, plutôt que de ramasser ces fruits sains et gratuits. Parce qu'ils ont besoin du filtre commercial pour faire confiance. Parce que comme dit mon fils: «Quand c'est gratuit, c'est toi le produit». Je ne comprends pas vraiment pourquoi je suis instinctivement hostile au consentement présumé du don d'organes, mais ce que je pressens, c'est la même chose qu'avec ces foutues orchidées. Il me semble qu'une fois de plus on nous enlève notre libre arbitre, qu'on nous infantilise. Que c'est une prise de pouvoir supplémentaire de l'État sur l'individu, basée sur l'émotionnel en plus, donc indiscutable. Vous ne voulez pas donner vos organes? Bon ben, on va vous obliger à le faire alors… Vous serez rentable même après la mort. Avant, vous aviez la possibilité humaine de faire un don pour sauver une vie, maintenant vous devez faire ce don. C'est dans la loi. Nous avons un droit de préemption sur votre dépouille, comme une banque sur une propriété hypothéquée, alors acceptez l'idée de vous faire vider comme un poulet surgelé prêt à la consommation post-mortem, c'est pour le bien de la communauté. Ce n'est donc plus un don, on ne va pas se mentir. Je ne donne plus, on me prend. Et si vraiment vous ne voulez pas, vous pouvez toujours signer en bas de la page, là, les petits caractères, mais si vous faites ça, vous êtes vraiment un être mesquin, totalement dépourvu de générosité, vous n'avez aucun sens du sacrifice… Je n'aimerais pas aller chez quelqu'un qui m'oblige à lui faire un cadeau. Je n'aimerais pas non plus aller chez quelqu'un avec un cadeau encombrant et malvenu. Je préférerais nettement que la personne en question me prévienne assez tôt. Qu'elle me dise qu'elle est ravie de me voir, qu'il me faut venir les mains vides, et que si je désire absolument lui apporter quelque chose, d'éviter si possible les orchidées parce qu'elle ne les aime pas. J'aimerais qu'on prenne des décisions au cas par cas. Parce que nous sommes tous différents. Il y en a qui adorent les orchidées, d'autres qui ne les aiment pas. Et il est évident que dans le cas de figure où, pour la personne en question, un pot d'orchidées serait absolument vital, si c'était pour elle une question de vie ou de mort, je me fendrais volontiers d'une magnifique orchidée blanche de Papouasie-Nouvelle-Guinée hors de prix. Parce que quand on aime, on ne compte pas.

Le marchand de sable

« Ce qu'en cette fin de jour, j'appelle "Dieu", est ce qui en chacun est le plus préservé, une simplicité dormante, commune à tous, bien en deçà de nos bavardages du genre : "J'y crois, j'y crois pas". »
Christian Bobin

De nouveau, ce matin, ce ciel ocre, orangé, pour la dixième fois au moins cette année. J'emporte ma tasse dehors. Tout est mat, jaunâtre, les roses, les lentilles d'eau sur la fontaine, l'herbe à mes pieds. Tout a une couleur de soufre, même mon café qui ressemble à une nappe de pétrole. Je passe mon doigt sur la toile cirée de la table du jardin et frotte les grains de sable entre mon pouce et mon index. Ils viennent de si loin... D'une tempête de sable lointaine et déjà passée au cœur du Sahara. Je frotte ce sable entre mes doigts, je me souviens de cette anecdote et je souris malgré moi. Il y a quelques années, dans la loge de théâtre juste à côté de la mienne, il y avait une jeune actrice rousse qui jouait le rôle de Juliette. Chaque soir de représentation, juste après le début du deuxième acte, je devais l'aider à fermer sa robe bleu pâle, avant le commencement de la grande scène du balcon «Oh! Roméo! Roméo! Pourquoi es-tu Roméo!» Une robe légère comme de la soie, retouchée soigneusement par les habilleuses parce que la jeune actrice rousse était plutôt petite. J'avais peu à faire à ce moment précis du spectacle et chaque soir, je l'attendais en coulisses pour l'aider. Et chaque fois qu'elle pénétrait dans sa loge, son parfum y pénétrait avec elle. Ce n'était pas à proprement parler un parfum, plutôt une fragrance, une odeur de musc, ni animale ni complètement végétale... Elle se déshabillait rapidement, enfilait la robe bleu pâle, s'asseyait devant moi, face au miroir, découvrait sa nuque en écartant ses cheveux roux et bouclés, afin que je puisse remonter la longue et fine fermeture éclair facilement. Je contemplais sa nuque blanche, luisante de sueur, et chaque soir, j'étais envahie par cette odeur de terre humide, de fougères. Une odeur préhistorique. Une senteur de champignon. J'ai mis un moment avant d'identifier ce parfum. Elle sentait la truffe, la truffe blanche, la truffe d'Alba. Il y a une sorte de légende déplaisante à propos de l'odeur des rousses. Il semblerait que chez les rouquins, la phéomélanine, une des deux mélanines pigmentaires qui définit le type de la peau d'une personne, est chargée en soufre à la hauteur de 10%. Ce serait la raison pour laquelle les rousses auraient une odeur légèrement différente des autres femmes. Au 13e siècle, les prostituées devaient se teindre les cheveux en roux, afin qu'on puisse les distinguer des femmes respectables. La rousseur au Moyen Âge était considérée comme un signe d'appartenance à Satan et plusieurs milliers de rousses ont été brûlées sur des bûchers, juste à cause de la couleur de leurs cheveux. Même les taches de rousseur étaient un signe de luxure, de sensualité excessive, une marque du diable. D'ailleurs, dans l'iconographie chrétienne du 15e siècle, Judas, l'infâme traître, est représenté avec des cheveux roux. On trouve les truffes en forêt au pied des arbres truffiers. Principalement le chêne truffier. Mais également au pied des tilleuls, des cèdres et de certains pins. C'est un chien qui les cherche et qui les trouve. Ensuite, il faut creuser la terre délicatement, avec les doigts, pour extraire la précieuse truffe, (5000.– le kilo quand même), de l'enchevêtrement de racines. La truffe pousse sur un terrain sablonneux. Des années plus tard, je jouais dans un autre spectacle. Ma peau avait vieilli, elle était devenue plus sèche, plus sensible… La maquilleuse du théâtre m'avait proposé une palette de produits de la marque La Roche-Posay, notamment une poudre compacte couleur « sable ». C'est en ouvrant le boîtier rond de cette poudre que j'ai compris que je m'étais trompée toutes ces années. C'est en portant la houppette à mon nez que l'odeur m'est revenue aux narines d'un seul coup, une odeur soufrée de transpiration végétale. Celle de la peau de la jeune Juliette, rousse à la robe bleu pâle. Elle n'avait jamais senti la truffe d'Alba, simplement elle avait utilisé à l'époque cette poudre compacte là. Pendant toutes ces années j'avais systématiquement associé cette odeur aux cheveux roux. En partageant des raviolis aux truffes avec des amis, j'avais dégoisé sur le parfum improbable des rouquines, j'avais même utilisé cette métaphore à plusieurs reprises dans différents écrits. « La jeune femme rousse se leva d'un seul coup et s'engouffra dans l'escalator, emportant avec elle son précieux parfum sauvage de truffe d'Alba… » Pendant un instant, après cette révélation, je me souviens m'être sentie honteuse dans ma loge. C'est comme si je m'étais fourvoyée moi- même, et pire, comme si j'avais trompé les gens sur la marchandise toutes ces années, impossible de revenir en arrière et d'effacer ce que j'avais dit ou écrit. Tout le monde s'en fout, me direz-vous, et vous aurez parfaitement raison. Mais aujourd'hui, alors que je suis assise devant ma table de jardin et que je contemple le ciel orangé en pensant à la naissance des tempêtes de sable au cœur du Sahara, je me dis que si j'ai pu me leurrer ainsi à propos d'un simple et anecdotique parfum, j'ai pu me tromper sur beaucoup d'autres choses bien plus essentielles dans ma vie. Comme, par exemple, l'existence de Dieu. Je n'ai aucune preuve de l'existence de Dieu, et pourtant j'y crois. Je sens sa présence partout, dans les petites et les grandes choses. Dans la complexité d'un hippocampe, la majesté d'un éléphant, j'ai la foi comme on dit. Mais si on y réfléchit, au fond, je crois à quelque chose sans l'avoir jamais vu. C'est mon imagination débridée, ma capacité de faire des associations d'idées qui me permet de faire des liens entre ce que je vois et ce que je ne vois pas. Je sens sa présence partout, certes, mais si je me trompais comme je me suis trompée avec ce stupide poudrier ? Parce qu'au fond, on peut se poser la question : si Dieu existe, pourquoi est-ce qu'on ne le voit pas tout simplement ? S'il existe, pourquoi n'est-il pas là, constamment présent, avec nous ? Pourquoi a-t-il abandonné la terre et les humains… Du point de vue divin, quel est son intérêt ? Comme disait Woody Allen, le principe du succès repose principalement sur le fait d'apparaître en public, non ? Alors pourquoi « être » sans « exister » ? Son absence encourage les dérives imaginaires, les excès en tous genres, les superstitions les plus débridées… Est-ce que c'est de la vanité ? Est-ce qu'il souhaite juste qu'on parle de lui ? Est-ce qu'il s'agit pour lui d'éprouver la foi des hommes ? Peut-être que c'est simplement parce que si la présence de Dieu était évidente, je pourrais tout simplement me passer de la foi et me contenter de l'obéissance. Et si je me passais de la foi, je n'aurais plus besoin de mon imagination, qui en est le principal moteur. « Je serais » dans un monde où Dieu « est », un point c'est tout. La seule explication rationnelle à tout ça, c'est qu'on ressent mieux la présence des gens quand ils ne sont pas là. Quand les gens qu'on aime ne sont pas là, on peut y penser, faire des liens dans sa tête, leur prêter des intentions qu'ils n'ont pas, magnifier leurs sentiments. J'espère ne jamais m'apercevoir que je me suis trompée, que Dieu n'est qu'un mélange de particules chimiques compressées dans un boîtier de poudre compacte hypoallergénique, comme je me refuse à croire que le sentiment amoureux est le résultat d'un mélange de phéromones. Je trouve ça terrible, cruel, odieux. Je contemple une dernière fois le jardin à travers ce filtre orangé avant de rentrer à l'intérieur. Ce fameux phénomène climatique, ce dérangement météorologique de plus en plus fréquent. Décidément, je préfère penser aux chameaux lourdement chargés, aux oasis, aux Bédouins, aux tapis volants, aux foulards bleu éclatant des nomades, au thé à la menthe servi dans des théières argentées, je préfère ma licence poétique à moi. Comme le dit Alexandre Dumas à travers les mots du comte de Monte-Cristo: «En comparant les douleurs de l'existence réelle aux jouissances de l'existence factice, vous ne voudrez plus vivre jamais, et voudrez rêver toujours.» Je préfère vous dire ce matin que ce sable orangé n'est pas dû au réchauffement climatique. Je préfère vous dire qu'il nous vient du cœur même des tempêtes de sable lointaines, et que c'est probablement un message subliminal de Dieu, qui nous rappelle ainsi que nous vivons tous sur la même terre, que les frontières sont illusoires, que nous sommes tous interdépendants, que chaque grain de sable est essentiel au fonctionnement du monde, que l'amour colore le monde en orange, etc. Comme je préfère finalement, même si je me suis lourdement trompée, continuer à prétendre que les rousses sentent bon la truffe d'Alba plutôt que la poudre compacte La Roche-Posay hypoallergénique à 45.– la boîte. Je préfère, à la sordide réalité, la poudre aux yeux.

De la même auteure

Le sexe des quinquas, les bancomats récalcitrants, les vacances à ne pas louper, les souvenirs sélectifs, les mots durs ou doux, la cigarette et ses artefacts électroniques, etc. Ce sont autant de petits instantanés lucides, donc souvent un peu amers, mais surtout drôles et réconfortants, que nous offre ce recueil de chroniques. Oui, le temps passe, la jeunesse aussi, mais parfois c'est presque plus facile quand on a un peu perdu nos illusions et nos rêves de grandeur. La vie se révèle souvent plus simple et parfois plus belle en pastel. Même si on cultive immanquablement quelques regrets…

Petite dépression centrée sur le jardin,
chroniques, Zoé poche, 2007

Les petits arrangements,
roman, Éditions D'autre part, 2007

Le palais de sucre,
roman, Éditions D'autre part, 2003

Le portrait de Madame Mélo,
nouvelles, Éditions D'autre part, 2004

Tous nos titres et nouveautés sur
www.editionsfavre.com

Imprimé en France par
CPI Bussière
en juillet 2022
N° d'impression : 2066422